古典文學研究輯刊

二三編

曾永義 主編

第 25 冊

石麟文集（第八卷）：
稗史迷蹤（選本）（上）

石 麟 著

國家圖書館出版品預行編目資料

石麟文集（第八卷）：稗史迷蹤（選本）（上）／石麟 著 -- 初
版 -- 新北市：花木蘭文化事業有限公司，2021〔民 110〕
目 4+164 面；19×26 公分
（古典文學研究輯刊　二三編；第 25 冊）
ISBN 978-986-518-364-6（精裝）
1. 中國小說 2. 中國文學史 3. 文學評論
820.8　　　　　　　　　　　　　　　　110000438

ISBN-978-986-518-364-6

9 789865 183646

古典文學研究輯刊
二三編　第二五冊　　　　　　ISBN：978-986-518-364-6

石麟文集（第八卷）：稗史迷蹤（選本）（上）

作　　者　石麟
主　　編　曾永義
總 編 輯　杜潔祥
副總編輯　楊嘉樂
編　　輯　許郁翎、張雅淋　美術編輯　陳逸婷
出　　版　花木蘭文化事業有限公司
發 行 人　高小娟
聯絡地址　235 新北市中和區中安街七二號十三樓
　　　　　電話：02-2923-1455／傳真：02-2923-1452
網　　址　http://www.huamulan.tw 信箱 service@huamulans.com
印　　刷　普羅文化出版廣告事業
初　　版　2021 年 3 月
全書字數　200578 字
定　　價　二三編 31 冊（精裝）台幣 82,000 元

石麟文集（第八卷）：
稗史迷蹤（選本）（上）

石麟 著

作者簡介

石麟，1953 年出生於湖北省黃石市。曾任湖北師範大學文學院教授，中南民族大學文學院教授，現為湖北大學客座教授。同時擔任中國《水滸》學會會長，中國《三國演義》學會副會長，中國散曲學會理事，湖北省屬高校跨世紀學科帶頭人，湖北省有突出貢獻中青年專家。先後出版專著《章回小說通論》《話本小說通論》《中國傳統文化概說》《中國古代小說批評概說》《說部門談》《稼稗兼收》《李攀龍與後七子》《野乘瑣言》《傳奇小說通論》《通俗文娛體育論》《中華文化概論》《從「三國」到「紅樓」》《閒書謎趣》《中國古代小說評點派研究》《稗史迷蹤》《石麟論文自選集·戲曲詩文卷》《中國古代小說文本史》《從唐傳奇到紅樓夢》《古代小說與民歌時調解析》《石麟文集類編》（五卷本）《中國古代小說批評史的多角度觀照》《施耐庵與〈水滸傳〉》《俗話潛流》二十三部，與人合著《明詩選注》《金元詩三百首》二書，主編教材三套，參編參撰書籍十種，撰寫《中華活頁文選》六期，並在《文學遺產》《明清小說研究》《戲劇》《古代文學理論研究》《藝術百家》《文史知識》《中國文學研究》《中華文化論壇》等刊物上發表學術論文二百二十多篇。

提　　要

　　班固嘗言：「小說家者流，蓋出於稗官，街談巷語，道聽途說者之所造也。」（《漢書·藝文志》）這裡所說的還是那些瑣屑的文言之作，至於通俗小說，古人更是在習慣上將它們稱之為「稗官野史」。本冊標題所謂「稗史」，也就是「小說史」的意思。而「迷蹤」，則指的是表面上看不見的小說發展脈絡，其實也就是一種「另類小說史」的意思。只不過不像普通的小說史那樣，講整部作品，或某個流派的發展演變，而是著眼於一個專題、一個物象、某類人物、某類故事，甚至是某一個詞彙或概念，進而深入發掘其內在發展的脈絡，明瞭小說史潛在發展的走向，這就是本書的任務。至於篇幅的長短，完全根據內容的需要而定。

目
次

「割席」與「分蒲團」

俗話說：「道不同，不相與謀。」俗話又說：「物以類聚，人以群分。」這些，都是對生活經驗的精練概括。在中國古代小說中，也有對這種生活經驗的反映。著名的「管寧割席」的故事就是最典型的例證：

> 管寧、華歆共園中鋤菜，見地有片金，管揮鋤與瓦石不異，華捉而擲去之。又嘗同席讀書，有乘軒冕過門者，寧讀如故，歆廢書出看，寧割席分坐，曰：「子非吾友也！」(《世說新語·德行第一》)

通過兩件事，管寧看不起華歆的世俗，故而做出了「割席」的動作，表示「人以群分」「不相與謀」。自從有了這個故事以後，管寧清，華歆濁，就涇渭分明了。而清者自清、濁者自濁也就成了一種人格的分野。其實，就這個故事本身來看，管寧的「清」與華歆的「濁」之間的差距是很小的，僅僅是「螻蟻之穴」的距離。你看，華歆不是也將象徵著財富的「片金」拋擲了嗎？他並沒有撿起來據為己有呀？至於門外的顯貴經過，他也僅僅是看了一下而已，並沒有追隨而去呀？將「片金」撿起來丟掉難道與你管寧視而不見有多大距離嗎？看看達官貴人路過又與你的視而不見有多大的差距嗎？管寧何必要決絕到「割席」的地步呢？

殊不知，管寧與華歆對待這兩件事的態度雖然並沒有太大的距離，但是這一個小小的距離卻正是「淡定」人格和「浮躁」人格的分野。同樣，那個「螻蟻之穴」的距離是完全可以發展成為千里潰堤的大災難的。

但是，為什麼在管寧與華歆身上看不到這種性格區別的嚴重性呢？那是因為，《世說新語》這樣的書是寫給知識階層的人看的。魏晉時代的那些修養

層次極高的知識分子是完全可以從這個故事中看出管寧和華歆之間人格的分野的。而普通讀者看到這些，可能很難產生直接的感受。但不要緊，古代的小說家自有妙法，就是將他們二人之間的人格差異放大來寫。這樣，老百姓就會看到其間的距離了。當然，這個「放大了寫」的任務不可能讓劉義慶這樣的文人通過《世說新語》這樣的高雅小說來完成，而只能通過下層文人以通俗小說的形式來表現。而且，在表現的同時，最好能加上世俗生活之所必需的例子，例如吃喝拉撒之類，甚至還要帶上一點神異色彩，或請佛祖、或請仙師作「表演者」，那效果就更佳了。

果不其然，清代就出現了「分蒲團」的故事，而且是寄託在全真七子中的馬祖和邱祖身上體現的。且看：

> 馬祖道：「師父常說，『若有了幾分修行，就有龍王、土地保祐。』心上動念想吃薑粥，就有人送來。說道斷不可吃思慮之食。這是無常之道。七天不食，我死挨死受，並未起念動心。我受了師父戒律，怎麼敢犯？」遂問邱祖：「你可思吃薑粥麼？」邱祖道：「實不相瞞：肚中飢餓委實難受；心中暗想：吃些薑粥才好。」馬祖聽了此言，把邱祖唾了一口，道：「我把你這造孽徒……！我與你千般吩咐，教你不可吃思慮之食，你竟然不聽！真乃口是心非、苟圖衣食之人，還講什麼修行？論的什麼道理？從今後，你拜別人為師，也不講師兄、師弟。自今我與你恩斷情絕，你死不可見我，我死不可見你。做仙做鬼，也不和你相交！」翻身將蒲團挑起。走到門外，將蒲團分作兩半：把一半與邱祖，一半拿起，抽身就走。邱祖急忙趕上，一把扯住衣襟，跪倒雪地下，叫：「師父請回。弟子也不敢再犯戒律！」馬祖回手，把邱祖推倒在地，揚長去了。（《七真祖師列仙傳》下卷）

你看，這裡拉大了兩人思想境界的距離了吧！一個餓了七天七夜，也絕不吃「思慮之食」，一個則「肚中飢餓委實難受；心中暗想：吃些薑粥才好。」這「想吃」「不想吃」之間的距離，可比對待片金的態度「管揮鋤與瓦石不異，華捉而擲去之」之間的距離大多了。因為一個是絕然相反的思想和行為，一個則是程度不同的思想和行為。

然而，刊刻於1892年的《七真祖師列仙傳》中的馬祖的表現還不是最激烈的，而在十多年後刊刻的另一部寫全真七子的書中，馬祖的表現就更加令

常人不可思議了。

> 只見邱長春站起身來說道：「看來修行之人，也有感應。我昨
> 夜恐師兄難忍飢餓，偶起一念，怎得辦點粥湯來與師兄解一解飢
> 渴。這念頭一起，今早即有人送飯來，豈不是有感應麼？」馬丹
> 陽勃然變色曰：「君子謀道不謀食，你不思進道之功，一味貪於飲
> 食，豈不聞過去心不可存，現在心不可有，未來心不可起，你今三
> 心未了，一念不純，焉能悟道？我今止與你同行，就此分單罷。」
> 長春聞言自悔，錯起念頭，好言相挽。二人正言之間，廟外來了
> 一人。此人因家內柴燒完了，是來剃廟前這幾根樹子的。馬丹陽見
> 他手裏拿得有柴刀，即借來一用，那人不知用，即將刀遞與他。馬
> 丹陽將刀接過，把蒲團拿來砍作兩段，將刀交還那人。對長春說
> 道：「一個蒲團分作兩段，你一半邊，我一半邊。各自辦功，勿得
> 始勤終怠，自誤前程。」說畢，出外而去。（《七真因果傳》第二十
> 二回）

毫無疑問，刊刻於 1906 年的《七真因果傳》乃是根據《七真祖師列仙傳》改寫的。這裡面的馬祖與邱祖同樣在淡定和浮躁的問題上體現了絕大的不同。而且，馬祖與邱祖決裂的方式也是差不多的，都是「分蒲團」，不過動作更大一些，是「將刀接過，把蒲團拿來砍作兩段」。

其實，問題的關鍵還不在「分蒲團」動作的區別，而在於《七真祖師列仙傳》中的邱祖之浮躁是體現在自己想「吃些薑粥」，而《七真因果傳》中的邱祖則是想「辦點粥湯來與師兄解一解飢渴」。應該說，這個邱祖的「境界」要比那個邱祖的「境界」略高一籌，為什麼馬祖要發同樣的脾氣，甚至動作更為激烈呢？

問題的關鍵在「念頭」，亦即某種思維的起點。一個人辦事，如果起點錯了，那他思維的線路就會永遠錯下去。至於他走得多遠，其實並不重要。正因為如此，管寧也罷、馬祖也罷，就是要杜絕那種錯誤的思維起點。而華歆和邱祖則已經在那錯誤的起點上邁開步伐了，故而必須與他們分道揚鑣，或「割席」，或「分蒲團」。

今天的讀者，或許會認為管寧和馬祖的做法有點小題大做甚至「做秀」。如果這樣認為的話，只能說明認識者對「念頭」的重要性缺乏認識。就本文所涉及的例子而言，凡是認為華歆或邱祖的念頭並無大錯的，那他自身可就

大錯了。因為認識不到什麼是浮躁的人，正說明了認識者自身的浮躁。進而言之，如果這樣認識的人多了，那就說明時代的浮躁。

少數的、個別的人的浮躁並不可怕，但如果一個時代都浮躁起來，那就太可怕了！

花癡，粉癡，都是情癡

　　宋元小說話本中有一篇《花燈轎蓮女成佛記》，篇中有這樣一段描寫：
「這蓮女年一十七歲，長得如花似玉，每日只在門首賣花，閒便做生活。街
坊有個人家，姓李，在潭州府裏做提控，人都稱他做押錄。卻有個兒子，且
是聰明俊俏，人都叫他做李小官人。見這蓮女在門前賣花，每日看在眼裏，
心雖動，只沒理會處。年方一十八歲，未曾婚娶，每日只在蓮女門前走來走
去。有時與他買花，買花不論價，一買一成。或時去閒坐地，看做生活，假
託熟，問東問西，用言撩撥他，不只一日。李小官思思想想，沒做奈何，廢
寢忘餐，也不敢和父母說，因此害出一樣證候，叫做『相思病』；看看的憔
憔黃瘦了，不問便有幾聲咳嗽。每日要見這蓮女，沒來由，只是買花。買花
多了，沒安處，插得房中滿壁都是花。一日三，三日九，看看病深，著了床
不能起。」

　　後來，經過父母、媒人的共同努力，李家兒郎終於娶蓮女為妻。但是，
就在花轎進門的一剎那，發生了誰也想不到的怪事：

　　　　司公念畢詩賦，再請新人下轎。三回五次，不見蓮女下轎。司
　　公怕剕過時辰，便叫張待詔媽媽，自向前請新人下轎。媽媽見說，
　　走到轎子邊，隔著簾子低叫：「我兒！時辰正了，可下轎下來！」說
　　罷，裏面也不應。媽媽見不應，忍不住用手揭起簾子，叫幾聲「我
　　兒」，又不應。看蓮女鼻中流下兩管玉箸來，遂揭了銷金蓋頭，用手
　　一搖，見蓮女端然坐化而死。只見懷中揣著一幅紙，媽媽拿了，放
　　聲大哭，把將去眾人看，上面有四句辭世頌，曰：「我本林泉物外人，
　　偶將兩腳踏紅塵。明公若肯興慈造，便是當年身外身。」當日眾人

都驚呆了，道：「不曾見！不曾見！真個難得！」李押錄夫妻也做沒
理會處，小官人也驚呆了，道：「只是我沒福！」

關於這一場婚姻的最後結局，我們後面再議。這裡，僅就故事的前半而論，
那位李小官人倒是一個不折不扣的「花癡」，而且是雙重花癡——鮮花以及如
花的美女都「癡」。其實，這位「花癡」少年早就有一位師傅，比他早幾百年
的一位「粉癡」。請看出自《幽明錄》中的這則故事：

有人家甚富，止有一男，寵恣過常。遊市，見一女美麗，賣胡
粉。愛之，無由自達，乃託買粉，日往市，得粉便去，初無所言。
積漸久，女深疑之，明日復來，問曰：「君買此粉，將欲何施？」答
曰：「意相愛樂，不敢自達，然恒欲相見，故假此以觀姿耳。」女悵
然有感，遂相許和，克以明夕。其夜，安寢堂屋，以俟女來。薄暮
果到，男不勝其悅，把臂曰：「宿願始伸於此！」歡踴遂死。女惶懼，
不知所以，因遁去，明還粉店。至食時，父母怪男不起，往視已死
矣。當就殯殮，發篋笥中，見百餘里胡粉，大小一積。其母曰：「殺
吾兒者，必此粉也。」入市遍買胡粉，次此女，比之手跡如先，遂
執問女曰：「何殺我兒？」女聞嗚咽，具以實陳。父母不信，遂以訴
官，女曰：「妾豈復吝死，乞一臨屍盡哀！」縣令許焉。徑往撫之慟
哭，曰：「不幸至此。若死魂而靈，復何恨哉！」男豁然更生，具說
情狀，遂為夫婦，子孫繁茂。（《太平廣記》卷二百七十四）

這位「粉癡」少年與上面那位「花癡」少年一樣，都是「情癡情種」。不過，
粉癡較之花癡而言，結局要美好得多。這倒不是粉癡比花癡的運氣好、時代
好、家長好、出身好，而是他碰上了作者的思路好。

「粉癡少年」的塑造者本意就是為了通過一件異聞怪事來表達青年男女
愛情的純潔與執著，該篇曾經數次描寫這對癡情戀人之間的誠摯與勇敢。他
們的一段對話涉及「私情」，他們的一次行動實踐「私情」，直到最後，那女子
勇敢地面對「私情」造成的痛苦結局，以及那男子復生後勇敢地對「私情」的
陳述，所有這些，都不是「花癡少年」和「蓮女」所能比擬的。相比較而言，
花癡少年只是單相思，「蓮女」並沒有對他表示多少「愛慕」，也沒有給他什
麼「承諾」。即便是後來通過男方父母和媒人的大量的工作，他們結成了夫
妻，那也是按照封建時代的規矩辦事。因此，這篇作品中只有花癡少年一個
形象是成功的，而蓮女形象的塑造則完完全全是失敗的。因為作者塑造這個

人物的目的是宣揚佛教，是鼓吹拋棄一切的凡塵的拖累而立地成佛。尤其令人沮喪的是，你要成佛倒也罷了，為什麼偏偏要選擇坐在花轎之中那個最「紅塵」的時間和地點？這分明是通過強烈的映襯來表達作者的斬斷情絲、皈依佛門的思想。故而，該篇作品的題目就叫做「花燈轎蓮女成佛記」，這個對比鮮明的篇名恰恰表現了這篇作品的冷漠和乏味。而一篇冷漠而乏味的作品是不可能感動讀者的，也是不可能具有多少美學價值的。如果說它還有一點美的殘餘的話，那也就是關於賣花的那一段描寫以及那個可憐的花癡少年的形象。

花癡少年真是不幸，他為什麼要走進一篇沉重而黑色的作品之中呢？

再美的照片，如果被放在黑色的像框裏，那它所表現的就只能是沉重而不是美麗。花癡少年就是如此不幸。

誰害了花癡少年？宗教！

宗教是個害人的東西，但有很多人自覺自願地被它害！

然而，粉癡少年卻是幸運的，同時，也是美好的。

真希望花癡少年能與粉癡少年走到一起，共同享受生活的幸福，而不要僅僅哀歎：「只是我沒福！」其實，蓮女那樣的女子是不能娶為妻子的。因為她不夠資格做一名妻子，因為她缺少妻子對丈夫的最基本也是最寶貴的一樣東西——感情。

沒有感情的美女與泥巴做的漂亮菩薩有什麼兩樣？

讓泥巴美人見鬼去吧！我們還是來歌頌那「花癡」「粉癡」都是「情癡」的兩個少年。

混帳邏輯的「合理」性

　　有父子二人，父親是一個州官，極其貪婪，兒子也貪。後來，父子二人利用一個姦情案，詐了和尚幾百兩銀子。又後來，他們還想敲詐和尚更多的錢，在沒有滿足的情況下，設計害死和尚多人。最後，和尚們的冤魂對這父子倆實行了報復。首先是鬼魂現身，將貪官活活嚇死。回頭，又來對付貪官的公子。於是，令人匪夷所思的復仇方式便出現了。我們且從這位名叫徐行的「貪公子」所遭遇的怪事說起。

　　　　娶一妻真氏，人也生得精雅，又標緻。……一日，從外邊來，
　　見一個小和尚一路裏搖搖擺擺走進來，連忙趕上，轉一個彎就不見
　　了，竟追進真氏房中。……徐公子書房與真氏臥房隔著一牆，這日
　　天色已晚，徐公子無聊無賴，在花徑閒行。只見牆上一影，看時卻
　　是一個標緻和尚，坐起牆上，向著內房裏笑。徐公子便怒從心起，
　　抉起一塊磚打去，這磚偏格在樹上落下，和尚已是跨落牆去了。徐
　　公子看了大怒：「罷！罷！他今日真贓實犯，我殺他不為過了。」便
　　在書房中，將一口劍在石上磨，磨得風快。趕進房來，又道：「且莫
　　造次，再聽一聽。」只聽得房中大有聲響，道：「這淫婦與這狗禿正
　　高興哩。」一腳踢去，踢開房門。真氏在夢中驚醒，問是誰？徐公
　　子早把劍來床上亂砍。真氏不防備的，如何遮掩得過！可憐一個無
　　辜好女人，死在劍鋒之下！（《型世言》第二十九回）

那幾位屈死的和尚生前一定沒有修過「邏輯學」的課程，因此死後才做出這種混帳事。明明是那貪官和貪公子父子倆害死了你們，你們為什麼要將報復的劍鋒指向無辜的女子？然而，這種在我們今天看來邏輯混亂的行為，在當

時人的心目中卻自有其邏輯性。且看和尚鬼魂的如下推理：起點，你「貪公子」害死了我們，我們死後一定要復仇。進而言之，復仇的方式有兩種：第一，也讓你死去，就像我們報復你那貪官父親一樣；第二，讓你生不如死——活受罪。我們決定採取第二種報復方式。再進而言之，這種報復方式的要點是通過你自己的手毀壞你最喜愛的東西，然後使你極端難受，甚至精神失常。再再進而言之，我們必須瞄準你最喜愛的東西下手，經過反覆考察，我們認為你最心愛的就是你的妻子。於是，我們實行了最後的一步，讓你親手殺掉了你的妻子。更妙的是，你自始至終認為你殺妻行為是有充分理由的，是正確的，因為那簡直就是搗毀了一個綠帽子製造工廠。這樣，我們就從精神上徹底摧毀了你。對我們這些冤魂而言，這比讓你的肉體消亡要愜意得多。

表面看來，和尚冤魂的邏輯是成立的。但這裡面有一個前提：妻子是丈夫最喜愛的東西。

雖然喜愛，卻不過是「東西」而已。

原來如此。

這「東西」主要有兩大功能：生兒育女和滿足性慾。當然是生丈夫的子女和滿足丈夫的性慾。如果生了別人的子女或滿足了別人的性慾，那麼這「好東西」就變成「壞東西」了。這洩慾的「東西」就變成洩憤的「東西」了。這正是封建時代幾乎所有「男子漢大丈夫」的邏輯，而和尚冤魂們的邏輯之所以成立，正是建立在這些男子漢大丈夫的邏輯的基礎之上的。

這麼一來，和尚冤魂的混帳邏輯居然變成了「有道理」。

根據中國學術傳統中的慣例——孤證不成文，以上結論如果要想成立，必須再找到一個相似的例證。

還真給找到了。

其實，也不用細找，只要「聯想」就夠了。因為那個情節就出現在著名的唐人傳奇小說《霍小玉傳》中。

凡是讀過這篇作品的人都會知道，霍小玉是多情女子，李十郎是負心漢。而當霍小玉面對李十郎發出了最後的泣血譴責以後，這位可憐的花魁娘子就離開了那美好而又罪惡的世界。但是，那弱女子是立誓要進行報復的。於是，就發生了下面的故事：

> 生方與盧氏寢，忽帳外叱叱作聲，生驚視之，則見一男子，年

可二十餘，姿狀溫美，藏身暎幔，連招盧氏。生惶遽走起，繞幔數匝，倏然不見。生自此心懷疑惡，猜忌萬端，夫妻之間，無聊生矣。或有親情，曲相勸喻，生意稍解。後旬日，生復自外歸，盧氏方鼓琴於床，忽見自門拋一斑犀鈿花合子，方圓一寸餘，中有輕絹，作同心結，墜於盧氏懷中。生開而視之，見相思子二，叩頭蟲一，發殺觜一，驢駒媚少許。生當時憤怒叫吼，聲如豺虎，引琴撞擊其妻，詰令實告。盧氏亦終不自明。爾後往往暴加捶楚，備諸毒虐，竟訟於公庭而遣之。盧氏既出，生或侍婢媵妾之屬，暫同枕席，便加妒忌，或有因而殺之者。生嘗遊廣陵，得名姬曰營十一娘者，容態潤媚，生甚悅之。每相對坐，嘗謂營曰：「我嘗於某處得某姬，犯某事，我以某法殺之。」日日陳說，欲令懼己，以肅清閨門。出則以浴斛覆營於床，周回封署，歸必詳視，然後乃開。又畜一短劍，甚利，顧謂侍婢曰：「此信州葛溪鐵，唯斷作罪過頭。」大凡生所見婦人，輒加猜忌，至於三娶，率皆如初焉。

表面看來，霍小玉的魂靈報復李十郎的方式與和尚冤魂報復貪公子的幾乎完全一樣。但細細比較，還是有些區別的。首先，霍小玉是女子冤魂報復生前的負心漢，儘管她的報復也沒有瞄準對象，而使無辜的女人受到傷害，但那其中多多少少含有一點「醋意」，因此，人們尚覺得比較正常。而和尚冤魂是男子，害死他的貪公子也是男子，男子漢之間的恩怨，何以要拿女人出氣？儘管和尚冤魂通過女人的被殺折磨了她的丈夫，但畢竟隔了一層。其次，霍小玉報仇時，只是讓李十郎的妻子盧氏被打罵、被遺棄，但並沒有讓李十郎殺掉她。其他的女人雖然也有被殺的，但僅僅以「或有因而殺之者」一語帶過，不像《型世言》中寫得那麼詳細、恐怖。第三，霍小玉報仇所設計的陷阱顯得很優雅，甚至帶有一點詩情畫意，如「姿狀溫美，藏身暎幔」，如「繞幔數匝，倏然不見」，如「忽見自門拋一斑犀鈿花合子，方圓一寸餘，中有輕絹，作同心結，墜於盧氏懷中」，這樣一些描寫，都是那麼委婉曲折。而和尚冤魂的報仇陷阱卻是赤裸裸而粗暴低劣的，如「見一個小和尚一路裏搖搖擺擺走進來」，如「只見牆上一影，看時卻是一個標緻和尚，坐起牆上，向著內房裏笑」，如「和尚已是跨落牆去了」，總之，都是那麼的直露無遺，毫無修飾。因此，從這些描寫的藝術表現看，《型世言》遠遠不如《霍小玉傳》。

「不如」歸「不如」，但明眼人一下就可看出，《型世言》的這個片斷是

從《霍小玉傳》中學過來並有所變化的。

　　更為重要的是，這兩篇作品的兩個片斷共同印證了一個結論：在有的時候，混帳邏輯也是有其「合理」性的。

　　但這是一種非常可悲的合理性。

　　因為它是以女性作為男人的附庸為前提的。

忙裏偷閒

清代小說評點家蔡元放曾經說過這麼一段話：

> 有忙裏偷閒法，於百忙敍事中，忽寫景物時序。如阮小七、扈
> 成初到孫新酒店，李應兵並龍角山，郭京、張雄兵到二仙山，樂和
> 到雨花臺，李俊在清水澳賞中秋，蔡京愛妾房中，燕青村居，呼延
> 鈺在楊劉村之類，都是於極忙中寫出許多清幽景致，而且點出時序，
> 令人耳目爽然一快。至於明珠峽說暹羅風水，臨安說錢塘風水，愈
> 忙愈閒，另是一樣文情，以顯其筆妙也。（《水滸後傳讀法》）

正如蔡元放所言，《水滸後傳》中的確有很多「忙裏偷閒」之筆。不僅如此，
但凡較為優秀的中國古代小說，它們的作者大多會用這種百忙中突然插入的
「閒筆」。表面看來，「忙裏偷閒」之筆是微不足道的，但它其實是小說創作
過程中的一種高級狀態，因為它至少可以達到以下效果。

其一，正確處理好「忙」與「閒」之間的辯證關係，使小說的敘述文字達
到搖曳多姿的藝術效果。

其二，有時可以補敍前文，或渲染前文，還可以帶起下文，甚至可以起
到「埋伏照應」的作用。

其三，忙中偷閒之筆有時又是幽默詼諧的，可以調節讀者的閱讀興趣。

其四，更重要的是這種寫法還可以起到點綴人物的作用，有時甚至還能
達到借寫景而為主人公抒情的地步。

中國古代小說作家很早就注意到這種「忙裏偷閒」筆法的運用。如唐人
傳奇名篇《霍小玉傳》中的這段描寫：

> 其夕，生浣衣沐浴，修飾容儀，喜躍交並，通夕不寐。遲明，

巾幘引鏡自照，惟懼不諧也。徘徊之間，至於亭午，遂命駕疾驅，直抵勝業。至約之所，果見青衣立候，迎問曰：「莫是李十郎否？」即下馬，令牽入屋底，急急鎖門。見鮑果從內出來，遂笑曰：「何等兒郎，造次入此？」生調誚未畢，引入中門。庭間有四櫻桃樹，西北懸一鸚鵡籠，見生入來，鳥語曰：「李郎入來，急下簾者。」生本性雅淡，心猶疑懼，忽見鳥語，愕然不敢進。（據《虞初志》卷五）

李十郎聽說要去見京城名妓霍小玉，興奮得「通夕不寐」。第二天一大早就忙著打扮自己，生怕女方看不中。一到中午，就急急忙忙往霍小玉家中趕去。你看作者用的那些詞語：「命駕疾驅」、「直抵勝業」、「即下馬」、「急急鎖門」「調誚未畢」、「引入中門」，從李十郎到青衣丫鬟再到媒人鮑十一娘，行動都是快節奏的。然而，就在這一片忙碌之中，作者偏偏不讓讀者跟隨李十郎馬上見到霍小玉。而是閒閒一筆，寫架上鸚鵡的一聲鳥語，打斷了李十郎前進的步調，使之「愕然不敢進」。實際上，這裡打斷的不僅僅是李十郎審美的急切心情，而是同時打斷了讀者被李十郎帶動起來的急切的審美期待。這樣，作者的文筆就達到了點染生色、搖曳多姿的效果。無怪乎袁石公（宏道）於此處有夾批云：「至此插入鳥語，點染有色，是忙裏偷閒。」

《水滸傳》中「忙裏偷閒」的例子不勝枚舉，如「拳打鎮關西」一段就是很好的證明，我們不妨連著金聖歎的批語一起賞析。

鄭屠道：「說得是，小人自切便了。」自去肉案上揀了十斤精肉，細細切做臊子。那店小二把手帕包了頭，正來鄭屠家報說金老之事，卻見魯提轄坐在肉案門邊，不敢攏來，只得遠遠的立住，在房檐下望。（金批：此一段如何插入，筆力奇矯，非世所能。）……整弄了一早辰，卻得飯罷時候。那店小二那裡敢過來。連那正要買肉的主顧，也不敢攏來。（金批：又夾敘一句店小二，又增出一句買肉的，奇不可言。）……魯達聽得，跳起身來，拿著那兩包臊子在手裏，睜眼看著鄭屠說道：「洒家特地要消遣你！」把兩包臊子，劈面打將去，卻似下了一陣的「肉雨」。鄭屠大怒，兩條忿氣從腳底下直沖到頂門；心頭那一把無明業火焰騰騰的按納不住，從肉案上搶了一把剔骨尖刀，託地跳將下來。魯提轄早拔步在當街上。眾鄰舍並十來個火家，那個敢向前來勸？（金批：百忙中偏又要夾入店小

二，卻反先增出鄰舍火家陪之，筆力之奇矯不可言。）兩邊過路的
人都立住了腳；（金批：又增出一句過路人。）和那店小二也驚得呆
了。（百忙中處處夾店小二，真是極忙者事，極閒者筆也。）……魯
達罵道：「直娘賊，還敢應口！」提起拳頭來就眼眶際眉稍只一拳，
打得眼棱縫裂，烏珠迸出，也似開了個彩帛鋪的：紅的、黑的、紫
的，都綻將出來。兩邊看的人懼怕魯提轄，誰敢向前來勸？（金批：
百忙中偏要再夾一句。）（據金本《水滸》第二回）

這一段魯達拳打鎮關西的故事，按理說，作者除了寫魯達或鎮關西之外，不
可能有閒筆去寫別的人物。但作者偏偏要寫店小二的行為動作，進而，在寫
店小二之前，又以鄰舍火家作襯。這就是金聖歎所謂「極忙者事，極閒者筆」。
表面看來，作者似乎離開了「拳打鎮關西」的中心故事，其實不然，作者越是
寫「眾鄰舍並十來個火家，那個敢向前來勸？」那趕來向鎮關西送信告狀的
「店小二也驚得呆了」，就越是體現了現場情勢的嚴峻、充滿白熱化意味的嚴
峻。這裡「忙中偷閒」的閒筆其實不閒，而是意味深長的「忙筆」。「忙中偷
閒」而又「閒筆不閒」，這就是雙重的藝術辯證法。

有時候，忙中偷閒之筆還可以起到帶起下文、甚至是幽默詼諧的作用。
如《水滸傳》第十五回在「智取生辰綱」緊張的矛盾衝突過程中，突然寫賣酒
的漢子對軍漢們說：「這桶酒被那客人饒一瓢吃了，少了你些酒，我今饒了你
眾人半貫錢罷。」金聖歎夾批云：「不惟有閒力寫此閒文，亦借半貫錢，映襯
出十萬貫金珠，以為一笑也。」

有時候，「忙裏偷閒」也能起到了一種「埋伏照應」的作用，如素軒在《合
錦回文傳》第十卷卷末總評中所言：「至於聶二爺一事，已隔數卷，到此陡然
照應，方知前文不是閒筆。」再如董孟汾在《雪月梅傳》第十二回的夾批中所
言：「不善讀者說此處都是閒文，殊不知後面有許多用處，都要在此安頓，並
非泛筆。」

更有甚者，閒筆有時還能達到借寫景而為主人公抒情的地步。如《雪月
梅傳》寫道：「大家一邊敘話飲酒，彼此情意相投，各帶微醺。用飯畢，蔣公
即邀到花園內，在一座亭子上納涼。這亭前山石玲瓏，四周叢篁交翠。大家
倚闌坐下，家人送茶來吃過。」（第十四回）董孟汾於此處有夾批云：「忽作閒
筆寫景。此書慣擅此長。然實非寫景，乃寫主人公之情也。」

中國古代小說中的「忙裏偷閒」之筆，還有以下二處是絕妙的。

一處是「三言」。

《醒世恒言‧張廷秀逃生救父》寫歷經苦難的張廷秀終於中進士當上常州府推官，卻喬裝打扮，破衣爛衫回到「狗眼看人低」的岳父王員外家。適逢王家為另一個女婿趙昂當了縣丞而唱戲慶賀。張廷秀謊稱自己這些年在外扮戲，岳父再次不相認，而眾賓客卻讓張廷秀扮起戲來。

> 正做之間，忽見外面來報：「本府太爺來拜常州府理刑邵爺、翰林院褚爺。」慌得眾賓客並戲子，就坐坐不住，戲也歇了。王員外、趙昂急奔出外邊，對齎帖的道：「並沒甚邵爺、褚爺在我家作寓。」齎帖的道：「邵爺今早親口說寓在你家，如何沒有？」將帖子放下道：「你們自去回覆。」竟自去了。王員外和趙昂慌得手足無措，便道：「怎得個會說話的回覆？」廷秀走過來道：「爹爹，待我與你回罷。」王員外這時，巴不得有個人兒回話，便是好了，見廷秀肯去，到將先前這股怒氣撇開，乃道：「你若回得甚好。」看他還穿著紗帽員領，又道：「既如此，快去換了衣服。」廷秀道：「就是恁樣罷了，誰耐煩去換！」趙昂道：「官府事情，不是取笑的。」廷秀笑道：「不打緊！凡事有我在此，料道不累你。」王員外道：「你莫不瘋了？」廷秀又笑道：「就是瘋了，也讓我自去，不干你們事！」只聽得鋪兵鑼響，太守已到。王員外、趙昂著了急，撇下廷秀，都進去了。廷秀走出門前，恰好太守下轎，兩下一路打恭，直到茶廳上坐下攀談。吃過兩杯茶，談論多時，作別而去。

此處所講的「邵爺」，就是張廷秀，因為邵家救了他，故曾經改姓邵。張廷秀做的是常州府推官，相當於今天市法院院長。而那位百般陷害他的連襟趙昂則不過是千方百計謀到的一個縣丞，相當於今天的副縣長。張廷秀的官比趙昂高了不少。他拜望嶽父王員外時，王家演的戲乃是《荊釵記》，男主人公是王十朋，也是當了官以後衣錦還鄉的。故而，張廷秀演戲時穿的就是官服。正在這時，當地太守、相當於今天的市長，來拜望所謂「邵爺」（亦即張廷秀）。王員外、趙昂不知底裏，慌成一團。當時的氣氛十分緊張，此時，張廷秀忽然說他願意出門回話。王員外高興之餘教他換了衣服出去。而張廷秀偏偏要穿著戲服出去。在張廷秀看來，這戲中的官服與自己的真實身份恰恰是吻合的，而在王員外和趙昂看來，穿戲服會見地方官那可是犯罪！因此，王、趙二人反反覆覆阻止張廷秀穿戲服，而張廷秀一再要戲弄岳父和姨

夫。於是，緊張的情勢與張廷秀的悠閒自得形成了鮮明的對比，高度緊張乃至有些恐懼的王、趙二人與以優勝的心態戲弄對方的張廷秀形成了鮮明的對比。這也是一種忙裏偷閒，在敘述極忙之事時偏偏要穿插戲謔和調弄。這種在戲劇舞臺上常用的藝術手法，想不到在擬話本小說中也得到了成功的運用。

另一處是《紅樓夢》。

當書中寫到王熙鳳和賈寶玉被馬道婆的魘魔法弄得死去活來，賈府眾人慌亂一片的時候，作者偏偏用閒筆寫下了呆霸王薛蟠的一段出人意料的精彩表現：

> 別人慌張自不必講，獨有薛蟠更比諸人忙到十分去：又恐薛姨媽被人擠倒，又恐薛寶釵被人瞧見，又恐香菱被人臊皮，——知道賈珍等是在女人身上做工夫的，因此忙的不堪。忽一眼瞥見了林黛玉風流婉轉，已酥倒在那裡。（第二十五回）

這樣一段看似多餘的描寫究竟有多少「藝術」的含金量，筆者暫不評價，還是讓「脂評」來作判斷吧。

> 寫呆兄忙，是「躲煩碎文字法」。好想頭，好筆力！《石頭記》最得力處在此。（「庚辰本」朱筆旁批）

> 寫呆兄忙，是愈覺忙中之愈忙，且避正文之絮煩。好筆仗，寫得出。（「甲戌本」朱筆夾批）

> 從阿呆兄意中，又寫賈珍等一筆，妙。（「甲戌本」朱筆夾批）

> 忙到容針不能，以似唐突顰兒，卻是寫情字萬不能禁止者，又可知顰兒之豐神若仙子也。（「甲戌本」朱筆夾批）

> 忙中寫閒。真大手眼，大章法。（「甲戌本」朱筆夾批，「庚辰本」墨筆夾批）

由上可見，忙裏偷閒手法的運用，對於小說作品中塑造人物、推動情節、增加情趣都是很有幫助的。對於這一點，清代小說批評家但明倫在對《聊齋誌異》的評點中有一段話說得非常到位，可作本節的小結：「此等處閒中著筆，淡處安根，遂使遍體骨節靈通，血脈貫注。所謂閒著即是要著，淡語皆非泛語也。」（《阿纖》夾批）

人頭也有水貨？

　　在商品經濟高度發達的時代，一種億萬草民不願意看到的東西正在蔓延滋長，那就是「造假」。造假出來的東西，人們稱之為「水貨」。當今社會，水貨屢禁不絕，甚至泛濫成災。如食品、藥品、飲品這樣一些與人們生命與生存息息相關的物品都有水貨，更何論其他？甚至連水貨的夫妻、父子、母女都時有湧現。因此有人曾經開玩笑說：除了自己不是「水」的，其他一切皆有可能是「水貨」。

　　但有一樣當今世界卻難以見到它的「水貨」，那就是「人頭」，古書叫做「首級」。當然，那是軍功制時代的特殊稱謂。時至今日，不需要以所斬之「首」論所升之「級」了，故而，也沒有必要去搞那種「水貨人頭」，但在古代中國它卻大量存在。

　　古之「水貨人頭」有兩種情況：一種是「常態」的水貨人頭，亦即上面提到的將軍們為了升級必須多多獲得首級，而戰場上斬獲的人頭又不夠數量，於是，有些黑心將領便將老百姓殺了，以他們的腦袋冒充敵軍戰士的腦袋。這種做法，古時候叫做「殺良冒功」。對此，古書中多有記載，古代小說也時有描繪，我們且不去管他。但是，從嚴格的意義上講，殺良冒功者只是製造了水貨「首級」，而沒能製造了水貨「人頭」，因為老百姓的腦袋和敵軍將士的腦袋都是「人」的腦袋，都是「人頭」，而真正的「水貨人頭」必須是假人頭。這樣，就出現了另一種情況，一種「特殊」的水貨人頭——用豬腦袋冒充人腦袋。這種不折不扣的「水貨人頭」，出現在一些諷刺假俠客的小說作品之中。目前所知，最早描寫這種水貨人頭的是一篇唐人傳奇作品：

　　　　進士崔涯、張祜下第後，多遊江淮，常嗜酒侮謔時輩，或乘其

飲興，即自稱豪俠。……一夕，有非常人，妝束甚武，腰劍，手囊貯一物，流血於外。入門謂曰：「此非張俠士居也？」曰：「然。」張揖客甚謹。既坐，客曰：「有一仇人，十年莫得，今夜獲之，喜不可言。」指其囊曰：「此其首也。」問張曰：「有酒否？」張命酒飲之。客曰：「此去三數里，有一義士，余欲報之，則平生恩仇畢矣。聞公氣義，能假予十萬緡，立欲酬之。是余願矣！此後赴湯蹈火，為狗為雞，無所憚。」張且不吝，深喜其說，乃傾囊燭下，籌其縑素中品之物，量而與之。客曰：「快哉，無所恨也！」乃留囊首而去，期以卻回。及期不至，五鼓絕聲，東曦既駕，杳無蹤跡。張慮以囊首彰露，且非己為。客既不來，計將安出？遣家人慾將埋之。開囊出之，乃豕首也。（《桂苑叢談·張祐》）

請注意這裡的幾個要點：被騙者姓張，假俠客不知名姓，被騙者自詡豪俠，假俠客所利用正是這一點，而這種所謂俠義的中心即是恩怨分明，因此，拿豬首冒充人首以示「報怨」，接著就是假俠客希望被騙者資助其銀兩用以報恩，結果，假俠客用一實物（豬首）加上一概念（俠義）騙得銀錢若干，飄然而去，害得主人公與「水貨人頭」苦苦地長相廝守。

　　明代的一篇筆記小說寫了一個相同的故事，也基本上具備上述幾個要點。且看：

東吳有張氏者，業儒不就，輒執筆謝去，論兵說劍，走馬獵狐兔，為俠，往來三吳中。歸則鳴琴在堂，坐客常滿，而亦慷慨周人之急，名隱隱起。一夕，有客卒至，體服甚偉，鋒穎橫出，髺髮直指，腰劍手囊，血淋淋下，入問曰：「此非張俠士居耶？」曰：「然。」張揖客甚謹。坐定，客喜動顏色曰：「夙恥已雪。」張問故，指其囊曰：「某之首也。」且曰：「此去有一義士，欲報之，聞公高義，可假十萬緡，得諧所圖，吾事畢矣。」張立應之。客曰：「快哉！無所恨也。」乃留囊首去，告以返期。及期不至，時已五鼓，張慮以日出而囊首見，遣家人出而埋之，乃豕首也。（《湧幢小品》卷九）

然而，這個故事到了清代小說的大手筆吳敬梓那兒，卻有了相當大的變化：

到了二更半後，忽聽房上瓦，一片聲的響。一個人從屋簷上掉下來，滿身血污，手裏提了一個革囊，兩公子燭下一看，便是張鐵臂。兩公子大驚道：「張兄，你怎麼半夜裏走進我的內室，是何緣

故？這革囊裏是甚麼對象？」張鐵臂道：「二位老爺請坐，容我細稟。我生平一個恩人，一個仇人。這仇人已銜恨十年，無從下手，今日得便，已被我取了他首級在此。這革囊裏面是血淋淋的一顆人頭。但我那恩人，已在這十里之外，須五百兩銀子去報了他的大恩。自今以後，我的心事已了，便可以捨身為知己者用了。我想可以措辦此事，只有二位老爺，外此，那能有此等胸襟？所以冒昧黑夜來求。如不蒙相救，即從此遠遁，不能再相見矣！」遂提了革囊要走。兩公子此時已嚇得心膽皆碎，忙攔住道：「張兄且休慌，五百金小事，何足介意！但此物作何處置？」張鐵臂笑道：「這有何難！我略施劍術，即滅其跡。但倉卒不能施行，候將五百金付去之後，我不過兩個時辰，即便回來，取出囊中之物，加上我的藥末，頃刻化為水，毛髮不存矣。二位老爺可備了筵席，廣招賓客，看我施為此事。」兩公子聽罷，大是駭然。弟兄忙到內裏取出五百兩銀子付與張鐵臂。鐵臂將革囊放在階下，銀子拴束在身，叫一聲多謝，騰身而起，上了房檐，行步如飛。只聽得一片瓦響，無影無蹤去了。（《儒林外史》第十二回）

　　眾客到齊，彼此說些閒話。等了三四個時辰，不見來，直等到日中，還不見來。三公子悄悄向四公子道：「這事就有些古怪了。」四公子道：「想他在別處又有耽擱了。他革囊現在我家，斷無不來之理。」看看等到下晚，總不來了。廚下酒席已齊，只得請眾客上坐。這日天氣甚暖，兩公子心裏焦躁：「此人若竟不來，這人頭卻往何處發放？」直到天晚，革囊臭了出來，家裏太太聞見，不放心，打發人出來請兩位老爺去看。二位老爺沒奈何，才硬著膽開了革囊，一看，那裡是甚麼人頭！只有六七斤一個豬頭在裏面。（同上第十三回）

在《儒林外史》中，不知名的俠客姓了張，而姓張的被騙者卻改為妻家昆仲，其他要素，雖然沒有什麼大的改變，但增加了很多細節描寫。這樣，就使得「水貨人頭」的故事達到了它的極致，成為中國小說發展史上的經典片斷之一。

　　然而，《儒林外史》的這個故事是否就是從《桂苑叢談》或者《湧幢小品》中直接發展過來的呢？對此，早已有人注目。晚清俞樾《茶香室叢鈔》卷

十七在節引了《桂苑叢談・張祐》中的文字之後說：「按今稗官家有敷衍此事者，莫知其本此也，故記之。」

這段話說得明白的地方是，《桂苑叢談》中「水貨人頭」的故事被後世「稗官家」敷衍。但這段話也有不太明白的地方，「今稗官家」究竟指的是誰？是《儒林外史》嗎？或者說，僅僅只是《儒林外史》嗎？在沒有看到以下這則材料之前，我們似乎可以肯定的回答，「今稗官家」指的就是吳敬梓《儒林外史》。但是，看了以下這則資料，這個觀點至少得修正一下。我們還是先看材料再說話：

> 昔有個張君，任俠仗義。天色近夜，有一人仗劍，手提一囊，鮮血淋漓，闖進門來，對張君道：「我有一個仇人，今喜一劍誅之，還有一個恩人，須得數百金相報。聞君高義，願為我了此事！」張君傾囊相贈，遺下血囊亟去。天將曉，張君取人首埋之，開囊看，卻是個帶血豬首。（《天湊巧》第一回）

《天湊巧》是一部擬話本集，有清初刊本。論其成書時間，應該比《儒林外史》略早。它裏面包含的「水貨人頭」的故事，較之《儒林外史》，更接近《桂苑叢談》和《湧幢小品》，但它又是「稗官家」所作。故而，將其視為從《湧幢小品》向《儒林外史》的過渡之作未嘗不可。有了這個過渡之作，俞樾的那句「今稗官家有敷衍此事者」，就有可能並非專指《儒林外史》了。

小小的一個故事情節，居然在多種小說形式——傳奇小說、筆記小說、擬話本小說、章回小說中得到反覆演繹，居然害得好幾位小說作家為其費盡心機。由此可見，一部中國古代小說史該是多麼變化莫測，多麼豐富多彩，多麼具有形形色色的被研究的模式和角度。

治小說史者，苦哇！

「情急」與「情極」

中國的古人曰：「食、色，性也。」（《孟子·告子上》）

外國的今人也說：「研究和觀察表明，愛情的動力和內在本質是男子和女子的性慾，是延續種屬的本能。這個結論得到科學的哲學方法論和對社會生活的唯物史觀的證明。」（瓦西列夫《情愛論》）

可見全人類的祖先和兒孫，無論是何膚色、種族，也無論是「上智」或「下愚」，都認識到了一個至為淺顯而又深刻的道理：與食欲一樣，色慾乃是人的本性。

對於所有的人而言，不吃飯是不行的，餓他幾餐，便免不了有些「喉急」。同樣的道理，對於正常人而言，不好色也是不可能的，所謂愛美之心人皆有之，「溯洄」「溯遊」幾番而不得，便有些「情急」。當然，在某些時候，「喉急」「情急」二詞又可以互訓或通用。

若論中國古代戲曲小說中「情急」之名流，恐怕要數王實甫《西廂記》中的張君瑞了。且看這位風流才子與絕代佳人崔鶯鶯「人約黃昏後」之前的萬分情急：

> 今日顒天百般的難得晚。天，你有萬物於人，何故爭此一日。疾下去波！「讀書繼晷怕黃昏，不覺西沉強掩門，欲赴海棠花下約，太陽何苦又生根？」（看天云）呀，才晌午也，再等一等。（又看科）今日萬般的難得下去也呵。「碧天萬里無雲，空勞倦客身心，恨殺魯陽貪戰，不教紅日西沉！」呀，卻早倒西也，再等一等咱。「無端三足烏，團團光爍爍；安得后羿弓，射此一輪落？」謝天地！卻早日下去也！呀，卻早發擂也！呀，卻早撞鐘也！拽上書房門，到得那

裡，手挽著垂楊滴流撲跳過牆去。(《西廂記》第三本第二折）

為了曖昧的幽會，恨殺光明的太陽。「情急」，使得張生分外的幼稚、天真，竟然具有了幾分童心童趣。由此，王實甫也給我們留下了一個「多情種」、「風魔漢」的書生形象。

晚清小說家吳趼人曾將王實甫《西廂記》改為小說《白話西廂記》，在相應的地方也「改編」了張生「情極」的狀態，比原著較為簡略：「張生送了紅娘回來，兀自把這首詩看了又看，讀了又讀。只等天晚了，月上了，便去跳牆赴約。只是天色尚早，哪得便夜。張生心頭焦急，等得好不耐煩，恨不得假后羿的弓箭，把太陽射了下來。」（第十回）

世界上最執著的繼承其實不是遺傳基因，世界上最瘋狂的傳染其實也不是病毒或細菌。恕筆者直言，人世間沒有哪一樣東西執著與瘋狂的程度能超過「情」，尤其是男女之情。

我們不妨先來看看張生的「情急」是怎樣由元人雜劇而傳染到明代話本小說之中的。「三言」中的秀才黃損堪稱張君瑞的嫡派兒孫，他的表現充分體現了張生的遺傳因子。

> 黃生注目窗櫺，適此女推窗外望，見生忽然退步，若含羞退避者。少頃復以手招生，生喜出望外，移步近窗，女乃倚窗細語道：「夜勿先寢，妾有一言。」黃生再欲叩之，女已掩窗而去矣。黃生大喜欲狂，恨不能一拳打落日頭，把孫行者的瞌睡蟲，遍派滿船之人，等他呼呼睡去，獨留他男女二人，敘一個心滿意足！（《醒世恒言·黃秀才徼靈玉馬墜》）

你看，黃生較之張生而言，的確有青藍之勝吧？張生只是希望「安得后羿弓，射此一輪落」，而黃生則乾脆「恨不得」要親自「一拳打落日頭」。更有甚者，黃生比張生的想像力更為豐富，他不僅要打落日頭，還要「把孫行者的瞌睡蟲，遍派滿船之人，等他呼呼睡去」，好給他和心上人留下「兩人世界」。當然，黃生的想像力是馮夢龍賦予的，這又說明「馮生」較之「王生」百尺竿頭更進了一步。

除了聰明伶俐的多情種子以外，就連懵懵懂懂的書呆子碰到提親、見面這檔子事，也往往會情不自禁地和太陽公公較勁：「那一天，日子加倍覺得長些，日輪只是不肯下去，北山等得不耐煩，獨站在庭心，看著紫荊花，數著花朵兒、葉瓣兒玩。」（《轟天雷》第一回）

相對於上述張生、黃生而言，這位荀北山先生算是最最文雅的了，他沒有罵太陽，也沒有打太陽，只敢玩著花兒、葉兒挨時間。但無論如何，那種焦急的情狀是掩飾不了的。

當然，古往今來的「情急」之人並非僅止於那些風流才子、窮酸措大，有時候，某些花花太歲也會加入這一行列。清代章回小說《五美緣》中的豪門公子花文芳為了與篾片魏臨川之妻偷情，居然也學起了張、黃二生，連連發出了對老天、日頭的怨憤之辭。

> 花文芳道：「尊嫂不可失信。」婦人點頭道：「不必多言。」花文芳抱住就對了一個「呂」字，婦人也不做聲。花文芳只得撒手走出，出了他的門首，走了數步，已到自家門首，進了府門，走到書房坐了。想那婦人的好處，想了一會兒，……又立起身走了幾步，把日色望望，今日才得過午，走來走去，好不心焦。（第八回）

> 花文芳原是想他的婆娘，「不如將計就計，把他軟住在此，等我今晚與他老婆成就了再處。」……又說了幾句閒話，只見書童擺下飯菜。二人用畢，花文芳望見日光尚早，想道：「老天，老天，往日不覺就晚了，今日如何還不晚？」（第十回）

這位花公子較之張生、黃生而言，最大的突破之處就在於一連兩次表現了「情急」心焦，當然，也就不止一次地怨恨了「青天白日」。但無論如何，這位花花公子在「情急」這一點上卻與那些翩翩才子別無二致。因為在這種時候，每一個人的「人性」一面得到暫時消解，而「物性」的一面則得到了無限的膨脹。這也難怪以上諸君，因為正常的「人」首先就是「動物人」而不是「植物人」。

盡人皆知，「動物人」的最原始恢復狀態就是「嫖客」。而嫖客的「情急」（從花公子開始，「情急」就帶有「欲急」的意味了）較之一般人而言就更加「不好看相」了。晚清小說《海上花列傳》的作者韓邦慶就給我們攝下了這樣一個嫖客「喉急」醜態。

> 棧使搬上中飯，大家吃過洗臉，樸齋便要去聚秀堂打茶會。小村笑道：「第歇辰光，倌人才困來哚床浪，去做啥？」樸齋無可如何。小村打開煙盤，躺下吸煙。補齋也躺在自己床上，眼看著帳頂，心裏轆轆的轉念頭，把右手抵住門牙去咬那指甲；一會兒又起來向房裏轉圈兒，踱來踱去，不知踱了幾百圈。見小村剛吸得一口煙，不

好便催，哎的一聲歎口氣，重複躺下。小村暗暗好笑，也不理他。

等得小村過了癮，樸齋已連催四五遍。（第二回）

好在這位趙樸齋先生沒有和老天爺過不去，也沒有莽撞地想要一拳打落日頭，而只是「自虐」，和自己的門牙、手指甲較勁，又和同伴蘑菇。雖然付出了如許的精力，最終畢竟如願以償了。

更為有趣的是，不僅男人盼望與女人見面情急，有時候女人渴望與男人見面也會情不自禁地怨恨起「天地日月」來。如晚清小說《九尾狐》中被作者稱為「淫賤」的名妓胡寶玉看上了名伶十三旦，二人約好晚上幽會，書中對胡寶玉就有一段表現其急不可耐的心理描寫：「寶玉濃妝豔抹，打扮時新，等候十三旦到來，暢敘歡情。惟日間尚是悶悶，只恨初夏晝長，太陽不肯下去，月亮不肯上來。彷彿度日如年。」（第十七回）

由上可見，從元人雜劇到晚清小說，從多情才子到纏綿嫖客，甚至包括青樓女子，無論何時，無論何地，無論何人，「情急」狀態總是難以避免的。然而，「情急」並非情愛的最高境界，「情急」之人也極有可能不是真正的有情人。那麼，什麼才是最高境界的真正有情人呢？

答曰：「情極」之人。

所謂「情極」之人，就是那種為了情慾而不顧一切之人。

就小說描寫而言，將自己內心世界嶄露無遺的情極「老前輩」當數唐人傳奇《三水小牘·步飛煙》中的女主人公了。這位身為七品官員小妾的弱女子因不滿丈夫武公業「粗悍，非良配」，而與「端秀有文」的鄰子趙象偷情。此事被發現以後，她便演出了下面悲壯的一幕：武公業「乃入室，呼飛煙詰之，飛煙色動聲顫，而不以實告。公業愈怒，縛之大柱，鞭楚血流。但云：『生得相親，死亦何恨。』」最終，殉情而死。

自步飛煙以後，這種「情極」之吶喊便「迢迢不盡如春水」了。聊舉數例：

已經許嫁他人的羅惜惜對著偷偷來見最後一面的情郎張幼謙說：「而今已定下日子，我與你就是無夜不會，也只得兩月多，有限的了。當與你極盡歡娛而死，無所遺恨。」（《拍案驚奇》卷二十九）

年輕英俊的客商蔣某，被一化作閨閣千金的狐仙所迷，其「心裏話」是怎樣說的呢？且看：「蔣生心愛得緊，見她如此高興。道是深閨少女，乍知男子之味；又兩情相得，所以毫不避忌，盡著性子喜歡做事。難得這樣真心，一

發快活，惟恐奉承不周，把個身子不放在心上，拚著性命做，就一下走了陽，死了也罷了。」（《二刻拍案驚奇》卷二十九）

縣令夫人蓋桂姐未隨丈夫上任，在家中為一偽裝成尼姑的淫僧淨海騙姦，居然算起了丈夫回家的時間賬以便偷情：「待得他回，還有三載。若得二年夜夜如此，便死也甘心。」（《諧佳麗》第四回）

相較於貪心的縣令夫人而言，丫鬟秋月卻要實際得多，她看上了自家小姐的情郎劉子章，居然大著膽子不知羞恥地對同伴春花說：「吾觀劉郎，那種風流，令人傾愛入骨。若得他伴過三夜，便教死也甘心。」（《螢窗清玩·遊春夢》）

當然，就「實誠」而言，秋月姐又不如秦小官。這位賣油郎秦重乍見花魁娘子王美娘，為其美貌所傾倒，便挑著油擔子邊走邊胡思亂想起來。而這段桃色遐思、風流豔想的最關鍵最實誠也最簡捷的話語卻是：「人生一世，草生一秋。若得這等美人摟抱了睡一夜，死也甘心。」（《醒世恒言·賣油郎獨佔花魁》）

如此這般的還有一些所謂負面形象。

浪蕩子周璉勾上了乾妹子蕙娘，跳牆過去抱住親熱。乾妹子用雙手一推，說：「還不快放手！著我爹媽看見，還了得！」周璉道：「此時便千刀萬剮，我也顧不得。」（《綠野仙蹤》第八十一回）

風流少年邱玉壇更是一個真正色膽包天、喪失倫理的人，他居然採取「賣身為奴」的方式勾搭上了比他大十多歲的遠房嬸娘兼主母尤環環。而當尤環環顧惜他的身體健康問題不願縱慾，表示情願陪他「坐談一夜」時，這位登徒子竟然流下淚來說道：「這個固然是嬸娘痛惜我的心，其實與殺我一般。我玉壇為了這件事情，不要說病，就是死也甘心的。」（《載陽堂意外緣》第五回）

人類如此，鬼類也是這樣。

女鬼章阿端為了與有情人在一起，寧願做鬼也不願投胎，臨行前是這樣表達內心意願的：「情之所鍾，本願長死，不樂生也。」（《聊齋誌異·章阿端》）更為有趣的是，同樣在《聊齋》之中，有一個「男人」喬生恰恰與這「女鬼」堪稱一對，因為他們為了追求愛情，早已將生死置之度外了。這位書生對朋友說：「有事君自去，僕樂死不願生矣。」（《連城》）

《聊齋誌異》中的另一位男子表現更為「可歌可泣」，有人戲弄他，將他

喜愛的女人親手調製的良藥說成毒藥：「吾家葛巾娘子，手合鴆湯，其速飲！」這時，這位愛得發昏的常大用先生竟然說：「既為娘子手調，與其相思而病，不如仰藥而死！」（《葛巾》）

相對於《聊齋誌異》中純情兒女的勇敢堅定而言，《浪史奇觀》中浪婦嬌娃的言論則更為剛毅決絕。少婦文妃對情郎浪子說：「若當初與你做了夫妻，便是沒飯吃，沒衣穿，也拚得個快活受用。」（第五回）而寡婦素秋在與浪子偷情「快活難當」時，面對情人害怕過分縱慾「卻不送你性命」的顧慮，她毅然決然地回答：「死也做一個風流鬼！」（第二十二回）

至於擬話本小說《一片情》的作者，則揣摩偷情婦人的心態，說出了近乎賭咒發誓的話語：「莫說我老婆老了，不偷漢子，便不提防。前人說得好：『除死方休！』這話實實的。」（第六回）

更為奇特的情極女子則是一位山大王的女兒馬金花，當她聽說父親要殺害自己心愛的男人時，竟然對哥哥這樣說道：「我聽見咱們老頭子要把馮大兄弟殺了，他要殺馮大兄弟，我就拿棍把他打死。」（《彭公案》第一百七十六回）

這位山大王的千金雖然野蠻，但或許長得並不太醜。那麼長得其醜無比的丫鬟是否也有「情極」的言論呢？當然有，因為「情極」並非美女俊男們的專利。

有一個醜女，名字居然就叫「醜姑」，她和一位長得俊俏的女孩瓊娥同為某小姐的丫鬟。這醜姑長得「眼大眉粗，十分醜陋」。但是，這位醜女卻有與眾不同之處：「醜陋中帶有幾分風趣，年年至三月天氣，便有些懨懨春病，攢著眉，咬著指，猶如東施效顰一般，便熬不過那般滋味。」什麼滋味呢？說得文雅一點就是「傷春」，說得粗野一點就是「發情」。對於醜姑而言，在別人眼裏看她是傷春一類的詩化行為，而她自己卻老老實實地認為就是一種春情煽動。且看：

> 瓊娥正去喚他，走到門首，只聽得他在裏面唧唧噥噥，自言自語，句句都是傷春的說話。瓊娥聽了，悄悄捱進房門，掩著口，忍不住笑道：「醜姑，小姐著我來分付你，到園中喚牧童折花哩。」醜姑道：「姐姐，瞞你不得，小妹妹正花心動，在這裡一步也行走不動。做你不著，替我走一遭罷。」瓊娥道：「呸！羞人答答的，丫頭家虧你說這樣話。」醜姑搖頭道：「姐姐，你莫要是這般說，我的心，就

是你的心一般。而今三月天氣，那貓狗也是動情的時節，怎說得這
句自在話兒。」(《鼓掌絕塵》第二十四回)

是呀，人同此心，心同此理。以上這些癡男怨女，身份不同，性別不同，年齡
不同，長相不同，環境不同，他們賴以存身的文學作品也不同，但有一點卻
是極其相同的：為了那一瞬間的愛欲，可以拋棄一切，直至自己的生命，甚
至殺死親生父親！這就是「情極」的表現。

在情極之人面前，倫理、羞恥、利益、親情乃至生命，這一的一切、一切
的一，統統化為烏有！

這是一種永恆的輝煌，也是一種瞬間的墮落。原來，輝煌與墮落，瞬間
與永恆竟然是相反相成的，是一而二、二而一的。

認識到這一點的人可能不太多，但這樣去做的人卻很不少。因為這是人
性的最底層的蘊涵。

不僅情極之人有這種蘊涵，情急之人也有這種蘊涵。

但無論如何，「情極」較之「情急」總要高出一籌。

何以見得？

「情極」之人人性多於獸性，「情急」之人獸性多於人性。

這就是區別。

哪怕是細微的區別，只要有本質的不同，二者就會越「區」越「別」，越
走越遠。

射箭以定國事

　　中國古代小說有不少作品描寫漢族政權與少數民族政權之間的鬥爭，而其中幾個高潮時期——主要是南北朝時期、遼宋金元時期尤為顯著。在這些作品中，少數民族政權的一般被稱為「番邦」，他們的軍隊則被稱為「番兵」「番將」。

　　在眾多的描寫對「番」作戰的作品中，鬥陣、鬥將是最為常見的精彩節目。如《北宋志傳》就寫到「楊家將晉陽鬥武」，是全書的重點關目之一。而在鬥將描寫中，「射箭」又是最出彩的比賽項目，因為「番邦」多半是游牧民族，「番兵」「番將」大都是靠騎射起家的。中原將士要想從表面和心理兩大方面徹里徹外地戰勝他們，非表演精湛的「箭術」不可。況且，射箭比賽又是極具觀賞性的，直到今天，還是各大綜合賽事的競賽項目。

　　《北宋志傳》的鬥武描寫是最典型的，其中，鬥箭的描寫尤為突出。

　　　　番將土金秀躍馬出曰：「誰敢再來比箭。」宋騎將楊文虎進曰：「我來與汝較射。」土金秀先拈弓搭箭走馬，指定紅心矢去，三箭皆中，眾人喝采。文虎亦走馬連放三矢，止有一矢中紅心。金秀曰：「汝輸我二矢，當以捉將還我。」文虎曰：「箭法雖輸與汝，敢來鬥武乎？」金秀曰：「待斬此匹夫，以與慶吉報仇。」即綽方天戟，便來交戰。文虎舞斧迎之。兩馬相交，未及數合，文虎左臂被戟所傷，負痛跑馬而走。土金秀怒聲如雷趕來，宋軍中惱了楊六郎，綽槍上馬，迎住番將交鋒。土金秀力不能敵，回馬叫曰：「宋將且緩鬥武，先與比箭。」六郎按住槍笑曰：「汝之箭法有甚高處，敢在軍前開大口耶？」因令左右取過硬弓，馬上一連三矢，並透紅心。觀者無不

稱讚。六郎曰：「汝莫想要射，此弓試看能開得否？」從軍度弓與土
金秀開之，不動半毫，秀驚曰：「此乃神人也，能開若是硬弓。」（第
二十二回）

欲顯楊六郎本領，不惜拿番將土金秀墊背，然土金秀未給楊六郎墊背之前，
作者又先以楊文虎為土金秀墊背。經過這樣層層鋪墊，楊六郎天下無敵的神
箭以及能開硬功的神力就躍然紙上了。

　　此段描寫，真可謂讓宋朝軍隊楊家將大大露臉。然而，露臉只是表面現
象，真正的目的是揚國威而威懾敵人。但是，此段描寫卻有兩點必須指出：
第一，它尚未直接表明「射箭以定國事」。第二，這段描寫是模仿別人的，它
淵源有自。

　　看了唐代的一段話本，大家就會同意我以上兩點說法了。

　　　皇帝才問，蕃使不識朝疑（儀），越班走出：「臣啟陛下，蕃家
弓箭為上，賭射只在殿前。若解微臣箭得，年年送供（貢），累歲稱
臣。若也解箭不得，只在殿前，定其社稷。」皇帝聞奏，即在殿前，
遂安社（射）墮（垛），畫二鹿，便交賭射。蕃人已見，喜不自升（勝），
拜謝皇帝，當時便射，箭發離弦，勢同僻（劈）竹，不東不西，恰
向鹿齊（臍）中箭。皇帝亦見，宣問大臣：「甚人解得？」時有左勒
將賀若弼：「臣願解箭。」皇帝聞語：「衣（依）卿所奏。」賀若弼
此時臂上扢弓，腰間取箭，答（搭）閣（括）齊弦，當時便射。箭
起離弦，不東不西，同孔便中。皇帝亦見，大悅龍顏，應是合朝大
臣，一齊拜舞，吋呼萬歲。時韓僉虎亦見箭不解，不恐拜舞，獨立
殿前。皇帝宣問：「卿意若何？」僉虎奏曰：「臣願解箭。」皇帝聞
語：「衣（依）卿所奏。」僉虎拜謝，遂臂上扢弓，腰間取箭，答（搭）
閣（括）當弦，當時便射。箭既離弦，世（勢）同雷吼，不東不西，
去蕃人箭閣（括）便中，從杆至鏃，突然便過，去射墮（垛）十步
有餘，入土三尺。蕃人亦見，驚怕非常，連忙前來，側身便拜。僉
虎亦見，責而言曰：「叵耐小歠，便意生心，擾亂中圍（原），如今
殿前，有何理說。」蕃將聞語，驚怕非常，當時便辭，登徒（途）
進發。（《韓擒虎話本》）

這裡所謂皇帝，就是隋文帝，韓僉虎（韓擒虎）乃當時著名的大將。在與番將
賭鬥箭法的過程中，韓擒虎為大隋天子掙足了面子。他不僅能像另一位大將

賀若弼那樣把箭射中「鹿臍」（隱喻「逐鹿中原」），而且還能用自己的箭把番將插在靶上的箭趕出靶子之外：「從杆至鏃，突然便過，去射垛十步有餘，入土三尺」。這真是神乎其技！中原有此能人，番邦便不得不折服。故而，番將當時便登程而去。這一段描寫，除了語言距今較遠，沒有《北宋志傳》那麼通俗暢達而外，其他各方面都不亞於《北宋志傳》一書。尤其是它正面指出了射箭以定國事。誠如番將所言：「若解微臣箭得，年年送貢，累歲稱臣。若也解箭不得，只在殿前，定其社稷。」這樣，就更加提高了賭射的政治等級和緊張程度。

如果更深層次地來看這一問題，我們拋去這些政治意義不說，僅從「審美」的角度來看待這兩段描寫，也是很有意義的，因為這種射箭比賽的描寫具有相當的趣味性，甚至可以說帶有童心童趣。

談到童年的趣味，又可分為兩個層次來理解。

其一是兒童心態，他們往往喜歡將手中的物品去擊中目標——另一個物品或某一個規定的空間。我們每一個人小時候恐怕都玩過這一方面的遊戲，現在的小孩則是將這一套搬到電腦中去了。

其二是人類的童年——原始時代，我們祖先的狩獵活動也是源自這種思維方式，用手中的「武器」去擊中獵物。這種武器一開始就是石頭土塊，後來才發展成為彈子、弓箭、投槍、飛刀。一首古老的狩獵之歌就是這種發展演變的記載：「斷竹續竹。飛土逐宍（肉）。」（《彈歌》）這就是古老的彈弓發射彈子，它是射箭的「父親」。當然，《彈歌》所寫是淺層次的人類必需——生存，而《韓擒虎話本》所寫的則是更深層次的人類必需——政治。但無論如何，童心童趣在二者之間貫串始終卻是誰也無法否認的。

離開了童心童趣，文學藝術便「偽」，便「水」，便不耐讀。

具有童心童趣的文學作品才是永恆的。

因為人類不管「進步」到哪一步，也永遠不會拋棄童年的記憶。

最善調情的女子

　　青年男女之間調情的描寫，在文學作品中屢屢可見。從先秦「風騷」到明清「時調」，可謂車載斗量，不勝枚舉。中國古代小說中也有很多成功的描寫片斷，尤其是其中某些女性，堪稱「調情高手」，直弄得書中的男性神魂顛倒、輾轉反側，同時，也讓書外的讀者忍不住神馳心往、拍案叫絕。

　　這方面，最有水平的是一位船家女兒。且看：

　　　　唐卿一人在艙中，像意好做光了，未免先尋些閒話試問他。他十句裏邊，也回答著一兩句，韻致動人。唐卿趁著他說話，就把眼色丟他。他有時含羞斂避，有時正顏拒卻。及至唐卿看了別處，不來兜搭了，卻又說句把冷話，背地裏忍笑，偷眼斜眄著唐卿。正是明中妝樣，暗地撩人，一發叫人當不得，要神魂飛蕩了。唐卿思量要大大撩拔他一撩拔，開了箱子，取出一條白羅帕子來，將一個胡桃繫著，結上一個同心結，拋到女子面前。女子本等看見了，故意假做不知，呆著臉只自當櫓。唐卿恐怕女子真個不覺，被人看見，頻頻把眼送意，把手指著，要他收取。女子只是大剌剌的在那裡，竟像個不會意的。看看船家收了纖，將要下船，唐卿一發著急了，指手畫腳，見他只是不動，沒個是處，倒懊悔無及。恨不得伸出一隻長手，仍舊取了過來。船家下得艙來，唐卿面掙得通紅，冷汗直淋，好生置身無地。只見那女兒不慌不忙，輕輕把腳伸去帕子邊，將鞋尖勾將過來，遮在裙底下了。慢慢低身倒去，拾在袖中，腆著臉對著水外，只是笑。唐卿被他急壞，卻又見他正到利害頭上，如此做作遮掩過了，心裏私下感他，越覺得風情著人。（《拍案驚奇》

卷三十二）

你看，這位船家女兒，竟然將那多情種子「玩」得夠嗆。這裡，凌濛初筆如遊龍，給我們塑造了一位狡黠、聰慧、調皮而又多情的女子。但是，這並非凌濛初的創造，在比「二拍」稍早的兩本文言小說的選本中，都記載了這一故事的基本輪廓。我們先看馮夢龍編撰的一本專門記敘愛情故事的書籍——《情史》，其中就有故事內容大體相同的片斷：

> 劉堯舉，字唐卿，舒州人也。……當秋薦，遂僦舟就試嘉禾。及抵中流，見執楫者一美少艾，年可二八。雖荊布淡妝而姿態過人，真若「海棠一枝斜映水」也。唐卿心動，因竊訪之，知為舟人子。……留連將午，情莫能已。駕言舟夫行遲，促其父助織。父去，試以眼撥之。少艾或羞或慍，絕不相怯。及唐卿他顧，則又睨覷流情，欲言還笑。唐卿見其心眼相關，神魂益蕩。乃出袖中羅帕，繫以胡桃，其中綰同心結，投至女前。女執楫自如，若不知者。唐卿慌愧，恐為父覺，頻以眼示意，欲令收取，女又不為動。及父收織登舟，將下艙，而唐卿益躁急無措，女方以鞋尖勾掩裙下，徐徐拾納袖中，父不覺也。且掩面笑曰：「膽大者，亦踧踖如此耶！」唐卿方定色，然亦陰德之矣。（《情史》卷三）

《豔異編》（續集）卷之四有《投桃錄》一篇，亦寫此事，文字大略相同：「劉堯舉，字唐卿，舒州人也。……當秋薦，遂僦舟就試嘉禾。及抵中流，見執楫者一美少艾，年可二八上下，修鬟嬋媚，眉眼含嬌，雖荊布淡妝，而過人種種，真若『海棠一枝斜映水』也。唐卿驚訝間，不覺戚戚心動，因默訪之，知為舟人子。……留連將午，情莫能已。駕言舟重行遲，促其父助織。父去，試以眼撥之。少艾或羞怯而避顏，或嚴色以相拒。及唐卿他顧，則又睨覷流情，欲言還笑。唐卿見其明中裝樣，暗地撩人，心眼相關，神魂飛蕩，乃以袖中羅帕繫胡桃，其中綰同心一結，投擲女前。女執楫自如，若不知者。唐卿慌愧，恐為父覺，頻以眼示意，欲令收取，女又不為動。及父收織登舟，將下艙，而唐卿益躁急無措，女方以鞋尖勾掩裙下，徐徐拾納袖中。父不覺也。且掩面笑曰：『膽大者亦踧踖如此耶！』唐卿方定色，然亦陰德之矣。」

兩篇文言作品中的描寫，雖然不及「二拍」那麼細膩動人，但也有自身的長處——簡練而傳神，尤其是《豔異編》續集，較之《情史》又稍勝一籌。將這三篇作品中的三個大體相同的片斷相比，可謂各有千秋，都塑造出

了一位非常善於調情的少女形象。然而，令人想像不到的是，這樣幾段極其生動的描寫，卻都來自一篇相對不太生動的文言小說——《夷堅志》。原文如下：

> 紹興十七年，京師人劉觀為秀州許市巡檢，其子堯舉買舟趨郡，就流寓試。悅舟人女美，日夕肆微言以蠱之，女亦似有意。翁媼覺焉，防察不少懈，及到郡猶憩舟中，翁每出則媼止，媼每出則翁止，生束手不能施。試之日，出《垂拱而天下治賦》、《秋風生桂枝詩》，皆所素為者，但賦韻不同，須加修潤，迨昏乃出。次日試論復然，既無所點竄，運筆一揮，未午而歸舟。舟人固以為如昨日也，翁媼皆入市，獨女在。生徑造其所，遂合焉。是夕，生之父母同夢人持榜來，報秀才為榜首。傍一人曰：「非也，郎君所為不義，天勅殿一舉矣。」覺而相語，皆驚異。生還家，父母責訊之，諱不言。已而乃以雜犯見榜。後舟人來，其事始露。又三年，從官淮西，果魁薦，然竟不第以死。（洪邁《夷堅丁志》卷十七）

相比較而言，《夷堅志》中的描寫遠遠趕不上《拍案驚奇》《情史》和《豔異編》。之所以如此，原因當然是多方面的，但最重要的一點則在於，《夷堅志》中對最善調情的船家女兒缺少生動的描寫，這就使得全篇失去了韻味，失去了精神和風采。

更有意味的是，《夷堅志》還不是這個故事的最早源頭。在洪邁前面，早就有人記載了這件事：

> 龍舒人劉觀，任平江許浦監酒。其子堯舉，字唐卿，因就嘉禾流寓試，僦舟以行。舟人有女，堯舉調之。舟人防閑甚嚴，無由得間。既引試，舟人以其重扃棘闈，無他慮也。日出市貿易。而試題適唐卿私課，既得意，出院甚早，比兩場皆然，遂得與舟女得諧私約。觀夫婦一夕夢黃衣二人馳至報榜，云郎君首薦。觀前欲視其榜，傍一人忽掣去，云劉堯舉近作欺心事，天符殿一舉矣。覺言其夢而協，頗驚異。俄而拆卷，堯舉以雜犯見黜，主文皆歎惜其文。既歸，觀以夢語之，且詰其近作何事，匿不敢言。次舉果首薦於舒，然至今未第也。國博姚行可說。（郭彖《睽車志》卷一）

如果郭彖所言屬實的話，那麼，《睽車志》中的這段記載理應是劉堯舉調戲船家女故事的最早來源。因為，這個故事其實就是郭彖當時的事，而且是當

時人講給作者聽的。故而，他的真實性和權威性毋庸置疑。儘管所謂夢中的東西，在今天的讀者看來並非生活真實，但古人卻認為這也是生活真實的一部分。

然而，值得我們深思的是，小說並不以記載生活真實為根本任務，它必須通過虛構而達到另一種真實——藝術真實。而且，就筆者多年閱讀中國古代小說的感受而言，如果從「真實性」的角度看問題，所有的小說作品只能分成兩大類：一類「記載」生活真實，另一類「創造」藝術真實。以上五篇作品，後兩篇產生於宋代，它們屬於記載生活真實；前三篇創造於明代，它們屬於創造藝術真實。從文學的角度來看，明代的三篇毫無疑問遠遠高於宋代的兩篇。由此，我們似乎也可以感覺到中國古代小說史所體現的某種方面的進步，儘管是一種在題材沿襲的規定範圍內的進步。

有時候，這種進步也可通過某種「借用」而達到意想不到的效果。例如以上反覆涉及的劉堯舉調戲船家女而船家女最善調情的故事，竟然也被蒲聊齋先生看中了，而將其主要情節移植到自己筆下的名篇之中：

> 王樨，字桂庵，大名世家子。適南遊。泊舟江岸。臨舟有榜人女，繡履其中，風姿韻絕。王窺既久，女若不覺。王朗吟「洛陽女兒對門居」，故使女聞。女似解其為己者，略舉首一斜瞬之，俯首繡如故。王神志益馳，以金一錠投之，墮女襟上。女拾棄之，金落岸邊。王拾歸，益怪之，又以金釧擲之，墮足下；女操業不顧。無何，榜人自他歸。王恐其見釧研詰，心急甚；女從容以雙鉤覆蔽之。榜人解纜，逕去。王心情喪惘，癡坐凝思。（《聊齋誌異·王桂庵》）

儘管此處的船家女與上述明代三篇作品的船家女略有不同，儘管這裡的男主人公由劉堯舉換成了王桂庵，但明眼人不難看出，王桂庵的「另一半」正是劉堯舉「另一半」的後裔。

由此可見，即便偉大如《聊齋》，也不可能全都是「原產」。小說創作中的「組裝」現象是普遍的，也是不可避免的。

他山之石，可以攻玉。

狼狽而逃者亦有人學之

馬超是《三國志通俗演義》中最勇敢的將軍之一，他甚至將曹操弄得非常狼狽，且看他們之間的一場戰鬥：

> 超把槍望後一招，西涼子弟兵抖擻精神，衝殺過來。操兵大敗。左右將佐皆敵不住。被馬超、龐德、馬岱引百餘騎，直入中軍，來捉曹操。操在亂軍中只聽得西涼軍大叫：「穿紅袍的是曹操！」操就馬上急脫下紅袍。又聽得大叫：「長髯者是曹操！」操驚慌，掣所佩刀斷其髯。軍中早有人將操割髯之事告於馬超，超遂令人叫拿：「短髯者是曹操！」操聞知，即扯旗角包頸而逃。（《三國志通俗演義》卷之十二）

曹操這一次逃跑的模樣在他許多次的敗逃中應該算是最狼狽的。丟盔棄甲只能形容這個故事的前半，後面還有割掉鬍鬚的動作，那簡直是太丟人了。故而，毛本《三國演義》將這一段總稱為「曹阿瞞割鬚棄袍」。

當然，這段描寫也是《三國志通俗演義》中最精彩的片斷之一。然而，一個耐人尋味的事實就是，但凡有點兒優秀的東西，總是有人仿傚的。果不其然，就連曹操的狼狽而逃也有人學習之。不信請看：

> 忽劉漢宏寨後鑼鼓震天，旌旗招展，有如無數的兵馬來劫寨。劉漢宏前面廝戰尚支撐不來，怎禁得後面兩旁又有兵來劫寨，直嚇得心寒膽落；耳朵裏又聽得敵兵只叫「不要走了劉漢宏」，漢宏恐怕被執，遂不顧眾將輸贏，竟策馬斜刺裏衝將出來，隨路奔去。又聽得背後有人趕來，道：「那穿金甲錦袍的定是劉漢宏！錢（鏐）將軍有令，不許放走！快趕去捉住！」劉漢宏聽得分明，忙將金甲錦袍

脫下，付與侍衛，又往前奔。（《西湖佳話・錢塘霸跡》）

非常明顯，《西湖佳話》中這一段劉漢宏狼狽的逃跑是從曹孟德那兒學習過來的，但學習得並不到家，因為還差「割鬚」的情節哩！本來就是模仿，而且模仿得還不到位，這大概正是《三國志通俗演義》終歸是第一流小說而《西湖佳話》只能是三流以下作品的根本原因了。

但還有一個問題得說清楚，其實這一個片斷也並非羅貫中「原創」的，早在《三國志通俗演義》祖宗之一的《三國志平話》中，老曹就已經為了逃命而割掉自己的鬍鬚了。且看這最原始的描寫：

馬超拿住曹軍問：「曹賊生得如何？」其軍怕死，言「曹公生得美貌鬚長。」馬超傳令：「拿住者，與金珠萬貫！」曹操聽得，刀斷其鬚，換衣相殺到晚。若無五帝之分，死於萬刀之下。曹操得脫亂軍，到於營中，茶飯不能進。（《三國志平話》卷下）

當然，在《三國志通俗演義》出現前後，有元明間佚名的兩個雜劇劇本，也寫到曹操割鬚棄袍的故事，它們就是《孤本元明雜劇》中的《曹操夜走陳倉路》和《陽平關五馬破曹》。這兩個劇本與《三國志通俗演義》之間究竟孰為源流，還當作進一步的考證，但曹操這個狼狽不堪的故事在元明時代膾炙人口卻是毫無疑義的。至於京劇舞臺上的《反西涼》一劇，另一個名字就是《割鬚棄袍》，那當然肯定是在《三國志通俗演義》影響之下了。

還是回到小說，將以上小說作品中的三則逃跑者的故事稍作比較，優劣高下自在讀者心中，毋庸筆者贅言。但筆者還要囉嗦一句：

這就是文學創作中顛峰與其來龍去脈的關係。

虎女與犬子

俗語有云，關雲長大意失荊州。其實，此話並不完全對。因為荊州的丟失，主要是由於關羽的自高自大，目中無人，特不善於搞統一戰線。本來，諸葛亮將荊州交給關羽時，已經明確地告訴他：「吾有八個字，將軍記取，可保守荊州。」當關羽問是哪八個字時，諸葛亮說：「北拒曹操，東和孫權。」（《三國志通俗演義》卷之十三）然而，關羽雖然表面上說「軍師之言，當銘肺腑」，而實際上很快就將這八字方針丟在腦後，一而再再而三地與東吳搞摩擦，最後在孫權和曹操的聯手進攻之下丟掉了荊州，也丟掉了自己的性命。如此看來，應該說是「關雲長自大失荊州」。

在關雲長自大失荊州的過程中，最為自大的卻是一件關於兒女婚姻的瑣事。其實，在三國那樣的戰爭年代，軍閥們的兒女婚姻也並非瑣事，而是政治聯姻，是軍國之大事。可不，這一次曹操派滿寵為使，約會孫權共破荊州。孫權在召集文武百官商議此事時，諸葛亮的哥哥諸葛瑾出了一個兩全其美的主意。誰知，這個建議卻讓關羽狠狠地「威風」了一把：

> 諸葛瑾曰：「某聞雲長自到荊州，劉備娶與妻室，先生一子，次生一女。其子聰明；其女幼小，未曾適人。某願一往，與主公世子求親。若雲長肯許，卻與雲長計議，共破曹操；若雲長不肯，然後助曹取荊州。凡征戰有名，則人心順矣。」孫權用其謀，先送滿寵回許都；卻遣諸葛瑾為使，投荊州來。……雲長曰：「子瑜此來何意？」瑾曰：「某想舍弟久事漢中王，故有此行，求結兩家之好：某主人吳侯有一子，甚聰明，吳人皆奇之。某聞將軍有一女，特來求親。兩家並無猜忌，並力破曹。此誠美事，請君侯思之。」雲長勃

> 然大怒曰：「吾虎女，安肯嫁犬子耶！吾不看汝弟之面，立斬汝
> 首！再休多言！」遂喚左右逐出。瑾抱頭鼠竄，回見吳侯，不敢隱
> 匿，遂實告之。權大怒曰：「何太無禮耶！」（《三國志通俗演義》卷
> 之十五）

東吳主動來與關羽聯姻，這正是符合諸葛亮「北拒曹操，東和孫權」的既定
方針的。而且，來作使節和媒人的正是諸葛孔明的哥哥。而關羽卻一味自高
自大，不僅拒絕了東吳的好意，還要侮辱對方，說什麼「吾虎女，安肯嫁犬子
耶！」還轟出媒人，連自家軍師的面子都不顧。其結果，當然是在曹孫聯合
進攻之下，丟了荊州，落得個身敗名裂的下場。

關羽悲劇性的自高自大我們且不去說他，值得注意的是，關羽那一句傲
慢無禮至極的話卻不是羅貫中的憑空創造，早在宋元講史話本中就有關大王
的這一聲胡言亂語，且看：

> 後說關公，前後半年，有人告：「江南使命來到。」江吳上大大
> 言曰：「吳王之子體知荊王有一女，兩家結親，如何？」關公帶酒，
> 言曰：「吾乃龍虎之子，豈嫁種瓜之孫！」使命去了。（《三國志平
> 話》卷下）

兩相比較，《三國志平話》中關羽的狂妄表現相對「平和」，畢竟沒有罵別人
「狗兒」，只是嘲笑孫家乃種瓜的個體戶出身而已，況且也沒有轟走媒人的
情節。而且，民間藝人還體諒關羽是喝醉了酒才說這混帳話的。如果他當時
清醒，保不定不會這樣「失態」。那麼，或許荊州就不會丟了。但羅貫中卻毫
不客氣地拿著手術刀解剖了關羽，尤其是狠狠刺向關大王那莫名其妙的狂妄
自大。羅貫中為什麼這樣做？因為他意識到關羽「大意失荊州」的真正原因
就是關羽「自大失荊州」。羅貫中這樣寫的結果如何？當然是取得了極大的
成功。因為他在塑造關羽「英雄」的一面的同時，他也寫出了關羽的「反
英雄」。

讓羅貫中沒有料到的是，他從《三國志平話》中發展過來的「吾虎女安
肯嫁犬子」這句妙語，竟然被後世小說家再度發展，用來描寫一個才子佳人
的愛情故事的小插曲。

這個故事非常老套，一個因病休養的官紳蘇拙庵，請了一位窮秀才金生
做「文秘」，後來發現這窮秀才文筆不錯，便有些青眼相待。但這個老兒千不
該萬不該在一次喝酒時將自己二十三歲的女兒秀玉所作詩篇，拿來給金生和

內侄于三省兩人閱讀。這一下可惹出了風流公案：

> 金生亦因見了秀玉之詩，不時思慕。又見蘇拙庵相待的情分比
> 前隆重，癡心妄想，認做屬意東床。一日偶與于三省閒話中間，微
> 露其意，要求三省作伐。誰知于三省為著自己的才學甚淺，心下每
> 懷妒嫉，巴不得尋著一件短處。那一日忽聽見要求姻事，暗暗喜歡。
> 登時就向蘇拙庵備細說知。蘇拙庵大怒道：「無恥狂生，絕不思忖，
> 輒敢這般輕薄。憑你什麼仕宦門楣，我也不肯容易就許。豈有虎女
> 曾嫁著犬兒的麼？」（《珍珠舶》卷二第二回）

當然，儘管蘇拙庵罵得很厲害，但最終的結局仍然是歷盡艱辛後的才子佳人
大團圓。這些我們不去管他，這裡要說明的是，在羅貫中筆下用來寫一位跋
扈將軍的一句趣語，被後來的小說作者僅僅用來表達「嫌貧愛富」的心態。
兩相比較，自然還是《三國志通俗演義》中的「虎女安肯嫁犬子」更為狀貌
傳神。

給胡人唱曲勸酒的漢家皇后

　　明末董說的奇書《西遊補》第二回寫一宮女的奇談怪論很是深刻:「到如今,宮殿去了,美人去了,皇帝去了!……這等看將起來,天子庶人,同歸無有;皇妃村女,共化青塵。」

　　請注意,《西遊補》有明崇禎間刊本。也就是說,它寫作並出版於明朝尚未滅亡之際。但是,作者董說卻提前感覺到了國家危亡,並且做了預言式的描寫。上面所引的這段文字,就是預言亡國之際帝妃們的悲慘情景的。更為發人深思的是,明朝滅亡的歷史居然印證了董說的政治預言,果然是「天子庶人,同歸無有;皇妃村女,共化青塵。」

　　崇禎十七年三月十八日,李自成攻破北京城。十九日凌晨,崇禎帝自縊於故宮後苑之煤山。三天後,他的遺體才被發現。此事多有記載,如文秉《烈皇小識》卷八云:「至二十二日庚戌,得先帝遺魄於後苑山亭中,與王承恩對面縊焉。先帝以髮覆面,白袷藍袍,白綢褲,一足跣,一足有綾襪,紅方舄,袖中書一行云:『因失江山,無面目見祖宗於天上,不敢終於正寢。』」

　　其實,崇禎帝在臨死之前還做了一件他認為是極其重要的事,殺死自己身邊的所有皇族婦女。且看:「呼酒與周后、袁妃同坐痛飲,慷慨訣絕。妃先起,上拔劍砍之,斃。后急返坤寧宮,自縊,上視之曰:『好,好。』長平公主在旁哭不已,上叱之曰:『汝奈何生我家?』亦刃之,公主以手仰格,臂斷,悶絕於地上。」(同上)

　　與此同時,崇禎帝還派宮女去逼迫懿安太后(天啟帝之遺孀)自縊。這樣一來,崇禎帝就在自己上弔自殺之前,處決或逼死了自己身邊所有身份高

貴的女人：皇后、皇妃、皇嫂、公主。其中，除了十六歲的長平公主斷臂逃脫以外，其他女人都死在崇禎帝的前面。

問題在於，崇禎帝為什麼要親眼看見這些高貴的皇家婦女作為大明王朝的殉葬品？其間的道理其實非常簡單：避免她們被敵人凌辱。

難道新王朝的統治者會凌辱舊王朝統治者的妻女嗎？會的！歷史上有很多證據可以證明這一點，尤其是碰到異族入主中原狀況下的改朝換代，情況就更加糟糕了。對此，史書中有些記載，但多半為了顧漢家皇帝的面子而隱隱約約、藏頭露尾，反倒不如野史雜記中記載得透徹痛切。

君若不信，我們且看北宋亡國之君欽宗的朱皇后給押送自己北上的胡人將軍唱曲勸酒的片斷：

> 移時，乘醉，命朱后勸酒唱歌，朱后以不能對。澤利怒曰：「四人性命在我掌握中，安得如是不敬我！」后不得已，不勝泣涕，乃持杯，遂作歌曰：「幼富貴兮，厭綺羅裳。長入宮兮，奉尊觴。今委頓兮，流落異邦。嗟造物兮，速死為強！」歌畢，上澤利酒。澤利笑曰：「詞最好！可更唱一歌勸知縣酒。」后再歌曰：「昔居天上兮，珠宮天闕。今日草莽兮，事何可說！屈身辱志兮，恨何可雪！誓速歸泉下兮，此愁可絕！」遂舉杯勸知縣酒，澤利起拽后衣曰：「坐此同飲。」后怒，欲手格之，力不及，為澤利所擊，賴知縣勸止之。復舉杯付后手中，曰：「勸將軍酒！」后曰：「妾不能矣，願將軍殺我，死且不恨！」欲自投庭井，左右救止之。（《宣和遺事》後集）

這裡所說的「四人」，指的是太上皇（原宋徽宗）夫婦和宋欽宗夫婦。那位風流一世的宣和天子宋徽宗，在把國家「玩」得快要滅亡的時候，將天下傳給兒子靖康皇帝宋欽宗。自己當太上皇，讓兒子當亡國之君。但下層民眾卻將這位風流天子牢牢釘在歷史的恥辱柱上，記載北宋亡國之慘的那本書仍然叫做《宣和遺事》。更有甚者，宣和皇帝父子又沒有明代烈皇（即崇禎帝）那麼「烈」，沒有在亡國之際率領所有「臣妾」集體以身殉國，最終只能落得個父子婆媳被押往東北。他們途中經歷了種種屈辱悲酸，而其中最令人唏噓不已就是這段年輕美貌的皇后像歌妓一般為胡人將軍唱曲敬酒的場景。

無論烈皇崇禎帝是否讀過《宣和遺事》，但他總會明白一個基本的道理：國滅家亡之時，至高無上的天子變成了亡國之君，他是沒有力量保護自己的

女人的。因此，他要舉起屠刀對待皇族婦女。他屠殺妻女的行為近乎殘酷，甚至沒有人性，但無論如何，他比宋徽宗父子卻稍有骨氣。

前事不忘，後世之師。因此，偉大的董說才能在明亡之前發出「天子庶人，同歸無有；皇妃村女，共化青塵」的警告。進而言之，後事又為更後人之師，凡是有頭腦的文人、尤其是小說家往往會通過手中那一枝禿筆寫下點什麼，對即將亡國時還在渾渾噩噩的人們敲響警鐘。於是，就有了吳趼人的《痛史》，尤其是書中這一段與《宣和遺事》之記載異曲同工、有過之而無不及的令人心酸的文字：

> 元主道：「美人，你會唱曲子麼？」全太后道：「不會。」元主道：「不會麼？左右給她五百皮鞭。」全太后嚇的魂不附體，忙說：「會，會。」元主呵呵大笑道：「會，就免打，你要知朕是最愛聽曲子的呀！快點唱來。」全太后沒奈何，隨口編了一個北曲「新水令」，唱道：「望臨安，宮闕斷雲遮，痛回首，江山如畫。烽煙騰北漠，蹂躪遍中華，誰可憐咱在這裡遭磨折！」元主只知歡喜聽唱曲子，這曲文是一些也不懂得的，也不知怎麼是一套，只聽這幾句音韻悠揚，是好曲子罷了。便呵呵大笑道：「好曲子，唱得好！美人，你再來敬朕一杯。」全太后沒奈何，再上去斟了一杯酒。元主此時已經醉了，便把全太后的手，捏了一把。全太后已是滿腔怒氣。元主又道：「美人，你們蠻婆子，總歡喜裹小腳兒，你的腳裹得多小了，可遞起來給朕看看。」全太后哪裏肯遞。左右太監已經一疊連聲喝叫：「遞起來，遞起來！」全太后憤氣填胸，搶步下來倒身向庭柱石上撞去，偏偏氣力微弱，只將額角上撞破一點點，然而已經是血流不止了。

（第十四回）

這樣的文字，我想，是用不著講解分析的。它明明白白、淒悽楚楚、哀哀怨怨，然而，這又是一種轟轟烈烈的警鐘一般的聲音。

如此看來，愛江山更愛美人，其實是一句狗屁不通的混帳話！

江山沒了，美人如何保得住？

推而廣之，江山沒了，一切都保不住！

再推而廣之，要得到你所想得到的一切，必須打下你的「江山」，並且牢牢地保護它！

在這個問題上沒有任何人能給你幫忙，只有靠你自己。

「好了歌」的前奏曲

　　《紅樓夢》中的「好了歌」非常有名，那是在書中開卷第一回由一位跛足道人獨唱的：

　　　　世人都曉神仙好，惟有功名忘不了！古今將相在何方？荒冢一堆草沒了。

　　　　世人都曉神仙好，只有金銀忘不了！終朝只恨聚無多，及到多時眼閉了。

　　　　世人都曉神仙好，只有嬌妻忘不了！君生日日說恩情，君死又隨人去了。

　　　　世人都曉神仙好，只有兒孫忘不了！癡心父母古來多，孝順兒孫誰見了？

應該承認，跛足道人所唱的基本上都是事實。在現實世界中，功名富貴、美妻嬌兒都是好東西。即便是當今的人群，不是也有很多人追求「五子登科」嗎？而所謂位子、票子、房子、兒子、面子等等，其實也都逃脫不了「好了歌」的涵蓋。然而，取得了功名富貴、美妻嬌兒以後又怎麼樣呢？最後，每一個人不都是赤條條地到另一個世界去了嗎？這就是「好了歌」的思想基礎，也是中國古代許許多多知識分子感悟人生後的結論。這在今天被稱為「虛無主義」的東西，在古代，卻是不少「達人」的人生座右銘。並非所有的芸芸眾生都能悟到這一層，即便是有些人悟到了這一層也很難做到。古往今來，真正「赤條條往來無牽掛」的能有幾人？

　　正因為少，我們的思想界、文學家就要鼓吹，就要給人們樹立這方面的

正面榜樣和反面典型。

反面典型實在太多，我們每一個人一不小心就會成為其中的一員。對此，我們不說也罷。且看正面榜樣：

歷史上的張良是一位看破紅塵、隱居山林的「達人」。他的故事被後人編成說唱藝術的話本在民間流傳。而且，那些說書人或下層文人也往往借助張良這種歷史上的「大腕」來抒發自己對人生的感受。明人搜集出版的《清平山堂話本·張子房慕道記》一篇正是這方面的典型。且看該篇張良的言論：「十年爭戰定干戈，虎鬥龍爭未肯和。虛空世界安日月，爭南戰北立山河。英雄良將年年少，血染黃沙歲歲多。今日辭君巨去也，駕前無我待如何！」「兩輪日月疾如梭，四季光陰轉眼過。省事少時煩惱少，榮華貪戀是非多。紫袍玉帶交還主，象簡烏靴水上波。脫卻朝中名與利，爭名奪利待如何！」「日月如梭架不撈，時光似箭斬人刀。清風明月朝朝有，火院前程無人稍。日月韶光隨時轉，太陽真火把人熬。你強我弱爭名利，不免閻王走一遭。」「遊遍江湖數百州，人心不似水長流。受恩深處宜先退，得意濃時便可休。莫待是非來灌耳，從前恩愛反為仇。不是微臣歸山早，服侍君王不到頭。」

這裡，作者託付張良說出的幾番言語，正是《紅樓夢》中「好了歌」的前奏曲。「張良歌」雖然沒有「好了歌」概括得那麼精當，但基本內容則是息息相通的。當然，「好了歌」的前奏曲絕非幾首「張良歌」，在宋末周密的著作《癸辛雜識·別集下》有一「物外平章」條，所寫大致就是這種情緒。全文如下：「或作散經，名《物外平章》，云：『堯、舜、禹、湯、文、武，一人一堆黃土，皋、夔、稷、髙、伊、周，一人一個髑髏。大抵四五千年，著甚來由發顛。假饒四海九州島都是你底，逐日不過吃得升半米。日夜官宦女子守定，終久斷送你這潑命。說甚公侯將相，只是這般模樣。管甚宣葬敕葬，精魂已成魍魎。姓名標在青史，卻干俺咱甚事。世事總無緊要，物外只供一笑。』此語亦可發一笑也。」

當然，這種論調如果要追根溯源的話，恐怕至少要追到《莊子》之中。然而，莊周先生及其弟子們的這種言論多半是通過「議論」的方式表達的，而我們這裡討論的則是「好了歌」的前奏曲，那當然主要說的是「歌謠」的表達方式。

在馮夢龍編撰的「三言」中，表達這種思想的「歌曲」屢屢可見。例如：

「『富貴五更春夢，功名一片浮雲。眼前骨肉亦非真，恩愛翻成仇恨。莫把金枷套頸，休將玉鎖纏身。清心寡欲脫凡塵，快樂風光本分。』這首《西江月》詞，是個勸世之言，要人割斷迷情，逍遙自在。……常言道得好：兒孫自有兒孫福，莫與兒孫作馬牛。若論到夫婦，雖說是紅線纏腰，赤繩繫足，到底是剗肉黏膚，可離可合。常言又說得好：夫妻本是同林鳥，巴到天明各自飛。」

（《警世通言‧莊子休鼓盆成大道》）

　　作者在將莊子的「意識形態」改寫成為一首類似於「好了歌」的「歌謠」以後，惟恐讀者還不明白，又加上一段長長的議論作進一步是說明，至此，才將作者要說的內容說透。

　　問題在於，《警世通言》中的這一篇雖然從內容上與「好了歌」接近，但在格式上卻與「好了歌」大相徑庭。那麼，是否有人能從格式方面給「好了歌」作出示範呢？有的！且看：

　　　　老尚書呵呵大笑，疊著兩指，說出一篇長話來，道是：「世人盡道讀書好，只恐讀書讀不了！讀書個個望公卿，幾人能向金階跑？」

（《醒世恒言‧張孝基陳留認舅》）

以上這些「好了歌」的前奏曲已經相當豐富多彩了，然而，如果與下面這一組前奏曲相比，上面的統統是小巫見大巫了。

　　清代擬話本小說《西湖佳話‧放生善跡》中，有一決意出家的蓮池，面對妻子請來勸說自己的緊鄰徐媽媽一連說出了七個「一筆勾」。「恩重山丘，五鼎三牲未足酬。親得離塵垢，子道方成就。嗏，這是出世大因由。凡情怎剖？孝子賢孫，好向真空究。因此，把五色封章一筆勾。」「鳳侶鸞儔，恩情牽纏何日休？活鬼喬相守，緣盡還分首。嗏，為你兩綢繆，披枷帶杻，覷咬冤家，各自尋門走。因此，把魚水夫妻一筆勾。」「身似瘡疣，莫為兒孫作遠憂。憶昔燕山竇，今日還存否？嗏，畢竟有時休，總歸無後，誰識當今萬古常如舊？因此，把桂子蘭孫一筆勾。」「獨佔鰲頭，慢說男兒得意秋。金印懸如斗，聲勢非長久。嗏，多少枉馳求？童顏皓首，夢覺黃粱，一笑無何有。因此，把富貴功名一筆勾。」「富比王侯，你道歡時我道愁。求者多生受，得者憂傾覆。嗏，淡飯勝珍饈，衲衣如繡，天地吾廬，大廈何須構？因此，把家舍田園一筆勾。」「學海長流，文陣光芒射斗牛。百藝叢中走，斗酒詩千首。嗏，錦繡滿胸頭，何須誇口？生死跟前，半字不相救。因此，把蓋世文章一筆勾。」「夏賞春遊，歌舞場中樂事稠。煙雨迷花柳，棋酒娛親友。嗏，眼底逞風流，苦歸

身後，可惜光陰懍懍空回首。因此，把風月情懷一筆勾。」

目前所知，這應該是《紅樓夢》中「好了歌」創作的最近的源頭。因為，「《西湖佳話》最初刊行於清康熙年間」。（劭大成《西湖佳話‧前言》）那正是曹雪芹出生的時代。況且，《西湖佳話》中的七個「一筆勾」，較之上述幾則記載更為全面而具體。《紅樓夢》的作者在此基礎之上寫成「好了歌」，實在是一件頗為方便的事。

進而言之，七個「一筆勾」，分別從「五色封章」「魚水夫妻」「桂子蘭孫」「富貴功名」「家舍田園」「蓋世文章」「風月情懷」七個方面否定了紅塵世界中芸芸眾生的苦苦追求。但是，這七個方面的概括卻有一些小小的問題。例如，「五色封章」主要講的是對父母的孝道，亦即做兒子的讀書做官，給父母博得「五色封章」，從而光耀門楣。這實質上屬於「功名」的範疇，沒有必要另為一類。再如，「家舍田園」應該是「財產」的一個部分，而不能代表「財富」的全部，應該從「富貴功名」中將「富」分出來，與「家舍田園」組成「財富」欲望「兵團」。第三，「蓋世文章」「風月情懷」二類，只是某些知識分子所追求的。它們不能概括整個知識分子，更不能涵蓋人民大眾。因此，最後兩類應該剔除。

經過以上的「分析」，七個「一筆勾」從邏輯層面上應該規定為四個「一筆勾」，那就是：功名、財富、夫妻、子女。而這，恰恰就是《紅樓夢》中「好了歌」所涉及的四個層面：功名、金銀、姣妻、兒孫。

結論：曹雪芹在上述「看破紅塵」的前奏曲的基礎上，經過縝密的思考、藝術的誇張，寫出了振聾發聵的「好了歌」。

神佛的威嚴和草民的災難

　　《西遊記》第八十七回寫孫悟空路過天竺國鳳仙郡，看到當地百姓遭遇連年旱災的慘景：「一連三載遇乾荒，草子不生絕五穀。大小人家買賣難，十門九戶俱啼哭。三停餓死二停人，一停還似風中燭。」

　　當地草民何以遭此厄運？經過孫悟空的反覆調查，玉皇大帝說出了其中的原委：「那廝三年前十二月二十五日，朕出行監觀萬天，浮遊三界，駕至他方，見那上官正不仁，將齋天素供，推倒餵狗，口出穢言，造有冒犯之罪，朕即立以三事，在於披香殿內。」

　　原來是鳳仙郡侯對玉皇大帝不恭，觸犯了神的威嚴，故而玉帝要對之實行懲罰。然而，問題在於，玉帝將鳳仙郡侯一人的罪過算到了鳳仙郡全體草民的身上，因此才造成了三年亢旱，人民死亡殆盡的悲慘結局。更為可怕的是，這種災難還要延續到什麼時候呢？且看玉帝所謂「三事」究竟是怎麼回事：

　　　　四天師即引行者至披香殿裏看時，見有一座米山，約有十丈高下；一座麵山，約有二十丈高下。米山邊有一隻拳大之雞，在那裡緊一嘴，慢一嘴，嗛那米吃。麵山邊有一隻金毛哈巴狗兒，在那裡長一舌，短一舌，餂那麵吃。左邊懸一座鐵架子，架上掛一把金鎖，約有一尺三四寸長短，鎖梃有指頭粗細，下面有一盞明燈，燈焰兒燎著那鎖梃。行者不知其意，回頭問天師曰：「此何意也？」天師道：「那廝觸犯了上天，玉帝立此三事，直等雞嗛了米盡，狗餂得麵盡，燈焰燎斷鎖梃，那方才該下雨哩。」（同上）

如果不是孫悟空出手相救，那鳳仙郡的人民還不知要乾旱到何時哩！這樣一

段描寫，充分體現了玉帝的不可侵犯和蠻不講理。但是，這種描寫並非是《西遊記》作者的首創，早在唐代話本中就有與之相類似的故事：

> 開元十三年天下亢旱。……皇帝聞，便詔淨能對，奉詔直至殿前。皇帝曰：「天下亢旱，天師如何與朕求雨，以救萬姓？」淨能奏曰：「與陛下追五嶽神問之。」皇帝曰：「便與問。」淨能對皇帝前，便作結壇場，書符五道，先追五嶽直（值）官要雨，五嶽曰：「皆猶（由）天曹。」淨能便追天曹，且（具）言：「切緣百姓拋其麵米餅，在其三年亢旱。」（《葉淨能詩》）

說句大實話，《葉淨能詩》中的這段描寫，較之《西遊記》而言，更為合理一些。因為這裡拋棄糧食的正是百姓自身，故而天曹懲罰百姓雖然過重，尚並未涉及無辜。而《西遊記》中玉皇大帝對鳳仙郡百姓的懲罰，便有點城門失火殃及池魚了，而且是一大池子的「魚」。但反過來一想，《西遊記》中的描寫則更為成功，因為正是這毫無道理的「懲罰」，體現了天庭最高統治者玉皇大帝的昏庸與殘暴。從而，在敘述唐僧取經的主體故事的同時，對殘酷的現實進行了「影射性」的揭露和批判。

殊不知，「影射性」地反映現實，正是《西遊記》的基本特色。以上所言，只是其中一個例證罷了。

比武，可不是真廝殺！

　　古代小說描寫戰爭的很多，如果是戰場上真刀真槍的對打對殺，那其中的人物堪稱血色英雄。但是，如果在平常的備戰過程中，用比武的方式來確定某些問題，卻要另作別論了。因為比武可不是真廝殺，弄得不好可能會造成不必要的人員傷亡。

　　那麼，高明的小說作者們怎樣解決這一問題呢？怎樣既能夠比出武藝的高低又能杜絕傷殘事故的發生呢？《水滸傳》作者想到的辦法堪稱絕妙：

　　　　話說當時周謹、楊志兩個勒馬在於旗下，正欲出戰交鋒。只見兵馬都監聞達喝道：「且住！」自上廳來稟覆梁中書道：「覆恩相，論這兩個比試武藝，雖然未見本事高低，槍刀本是無情之物，只宜殺賊剿寇。今日軍中自家比試，恐有傷損。輕則殘疾，重則致命。此乃於軍不利。可將兩根槍去了槍頭，各用氈片包裹，地下蘸了石灰，再各上馬，都與皂衫穿著。但是槍尖廝搠，如白點多者當輸。此理如何？」梁中書道：「言之極當。」隨即傳令下去。兩個領了言語，向這演武廳後去了槍尖，都用氈片包了，縛成骨朵。身上各換了皂衫，各用槍去石灰桶裏蘸了石灰；再各上馬，出到陣前。（第十三回）

「去了槍頭，各用氈片包裹，地下蘸了石灰」，「如白點多者當輸」。這個辦法真好，也很解決問題。這樣描寫，既避免了將軍們無謂的傷亡，又能夠讓旁觀者立辨比武者水平高低。今天軍隊比武，用紙彈代替子彈，大概也是從這裡學過去的。

　　拋開這種方法對現代比武的啟示不提，僅從審美的角度出發，我想，許

多讀者讀到這裡，可能會認為已經極盡妙用了吧。其實不然，清代有一部小說，又將這種方法推向極致：

> 何小姐道：「箭射完了，咱們要比較刀槍了，無奈真刀真槍，不是玩的。我想了一法。」即命換姐、雙壽等，分頭去找些柳木棍，或現砍下的大樹枝，削成槍桿，頭縛著菊花葉，蘸些香粉。先令水仙、菱姑比較。兩人鬥了數十回合，菱姑面上心窩撲了兩處粉痕，水仙乳旁也著了一點，是菱姑輸了。又叫海蟾上去，與水仙姊妹二人殺做一團。海蟾只肩膀上著了點粉痕，水仙乳旁心口卻著了兩槍，水仙輸了下去。雙壽上來，戰到幾個回合，何小姐忙喊雙壽下來。海蟾慌的跳出圈子外去，看雙壽時，已是滿胸粉點。（《續兒女英雄傳》第二十七回）

將這段描寫與《水滸傳》相比，可以發現在充滿陽剛之氣的戰場廝殺中居然加入了柔弱的閨閣因子。你看，後花園中諸妙齡女郎比武，居然就地取材製造槍械，而且槍頭「縛著菊花葉，蘸些香粉」，相互間比劃來比劃去。這真正是「溫柔一槍」，如果是三國英雄呂布、水滸英雄董平，甚至換上西天取經的英雄豬八戒，他們都是願意接受這溫柔一槍，並且願賭服輸的。只可惜何小姐不給他們這樣的「桃色」機會。

這樣的描寫就是一種韻味，一種陽剛之氣與陰柔之美有機結合的韻味。

有趣的是，這種極富韻味的描寫居然產生於一部名不見經傳的三四流小說之中，這又說明什麼呢？

是好花，總得開放。至於她所怒放的苑圃，大可不必追究。

等級森嚴的「呵斥」

自古以來，中國都是一個等級森嚴的國度。大人物說話的時候，哪個小人物如果膽敢「越位」插嘴，那可是要受到嚴厲斥責的。《三國志通俗演義》中對此有精彩的描寫。

那是在曹操聚積十七鎮諸侯聯合討伐董卓的時候，那時，劉關張兄弟尚屬官卑職小的階段，劉備時任平原縣令，關羽、張飛則分別擔任平原縣的馬弓手和步弓手。這樣的縣團級及其以下級別，在各軍區司令的諸侯們面前根本上不了臺盤，好在劉備有一個「漢室宗親」的頭銜，故而，盟主袁紹賜給他一個「階下末坐」。關、張二人就更慘了，只好「叉手侍立於後」。（卷之一《曹操起兵伐董卓》）

然而，關羽、張飛這兩個地位極低而手段極高的「萬人敵」卻不知道恪守本分，居然都不失時機地跳出來表現一番。這倒不是他們特有「表現欲」，而是機會實在太好，他們不想表現都不行。

十七鎮諸侯及其他們手下的將領堪稱膿包者居多，不要說與董卓手下的頭號勇將呂布較量了，就是與「次重量級」的勇將華雄對陣，也是輸了個一塌糊塗。先是諸侯之一的鮑信的弟弟鮑忠被華雄手起刀落、斬於馬下，接著又是另一鎮諸侯孫堅被華雄殺得丟盔棄甲、狼狽不堪。隨後，華雄在聯軍寨前叫陣，又斬了袁術手下的驍將俞涉和韓馥麾下上將潘鳳，弄得眾諸侯束手無策，盟主感歎，眾官默然。

就是在這樣一種特殊場景之中，關羽首先表現自我：

階下一人大呼出曰：「小將願往，斬華雄頭獻於帳下！」眾視
之，見其人身長九尺五寸，髯長一尺八寸，丹鳳眼，臥蠶眉，面如

重棗，聲如巨鐘，立於帳前。紹問何人，公孫瓚曰：「此劉玄德之弟關某也。」紹問見居何職。瓚曰：「跟隨劉玄德充馬弓手。」帳上袁術大喝曰：「汝欺吾眾諸侯無大將耶？量一弓手，安敢亂言，與我亂棒打出！」（同上）

關羽的自我表現遭到袁術的呵斥，而呵斥的理由並非關羽沒有殺敵的本領，而是這位壯士不夠表現的級別。幸而有曹操在邊上打圓場，才有了「關羽溫酒斬華雄」的千古絕唱。不料，關二爺剛剛淋漓酣暢地表現了一把，張三爺又忍不住了，只見：

玄德背後轉出張飛，高聲大叫：「俺哥哥斬了華雄，不就這裡殺入關去，活拿董卓，更待何時！」（同上）

這樣一來，可就捅了簍子羅！你看：

袁術大怒，喝曰：「俺大臣尚自謙讓，量一潑縣令手下小卒，敢在此耀武揚威！都與趕出帳去！」（卷一《虎牢關三戰呂布》）

袁術也真正算得上是一個「人物」，他居然一喝關羽，二喝張飛，真是風頭出盡。那麼，他憑什麼有如此大的威風呢？其實，袁公路本人並沒有什麼了不起，他所倚仗的，不過是他們袁家「四世三公，門多故吏」的背景以及他自己「南陽太守」的地位而已。

中國的歷史最要命的缺陷就是像袁術這樣的小肚雞腸的「大人物」總是綿綿不絕，而中國文學史最要命的輝煌則是那些小說家們總喜歡用諷刺的筆調描寫這樣的「大人物」。你看，在二流章回小說《綠野仙蹤》之中的兵部尚書、河南軍門胡宗憲大人，就表演了新時代的「袁氏斷喝」：

忽見朱文煒從林桂芳背後走出，跪稟道：「生員欲獻一策，未知諸位大人肯容納否？」胡宗憲問左右道：「此人胡為乎來？」桂芳忙起立打躬道：「此是總兵義子朱文煒，係本省虞城縣秀才。」宗憲大怒道：「我輩朝廷大臣，尚不敢輕出一語。他是何等之人，擅敢議及軍機重事，將恃汝義父總兵官，藐視國家無人物麼？」（第三十回）

最具有諷刺意味的是，根據該小說後面的描寫，胡宗憲實在是一個大草包軍門，而朱文煒倒實實在在是一位卓有見識的書生。因此每當讀者在看到後面的情節的時候，更會感覺到這樣一段描寫所具有的諷刺意味，儘管這一段描寫是從羅貫中那兒克隆過來的。

　　最最具有諷刺意味、同時也是最最令人感到悲哀的是，直到今天，我們還有一些生活在現實中的「較大人物」（主要是他們自以為大）還在克隆著袁術、胡宗憲之流，還在模仿他們的等級森嚴的「呵斥」。那各種級別的官員會議，我們且不去說他，因為在那樣的會上大官呵斥小官是家常便飯。我要說的是那些不是官的「官」，沒有級別的高級人物，居然也在一些場合呵斥實際上與其平級的人。在有的學術界會議上，理事長打斷副理事長發言者有之，宣稱理事只有發言權沒有投票權者有之，一言堂我說了算者有之……。

　　真羨慕晚清小說家，他們寫出了「各界」的爛污史、齷齪史、秘密史、現形記、鬼蜮記、怪現狀，但同時也感到遺憾，他們畢竟沒有寫出一部比《儒林外史》更「儒林外史」的學界××記或××史。

　　或許，這個任務留到了今天？

以人當兵器的男女英豪

　　對於三國英雄，當然是《三國志通俗演義》中的英雄，若論其匹夫之勇，民間有所謂「一典二呂三馬超」的說法，其中的冠軍就是曹操的衛隊長典韋。此人真正算得上是英勇無敵，打起仗來，衝鋒陷陣，所向披靡。並且，他最終為保衛曹操而戰死軍中也是特具震撼力的。當時，南陽軍閥張繡聽說曹操霸佔了他的嬸娘，決計興兵報仇雪恥。但是，張繡早已聞知典韋的勇力和忠心，於是派人藏起了典韋的武器雙戟，滿以為這下子好對付這條天下第一猛漢了。不料，卻發生了以下這一幕：

　　　　典韋夢中聽得金鼓喊殺之聲，忽跳起，床邊尋雙戟不見。但聞敵軍已到轅門，急掣步卒腰間刀。見門首無數軍馬，各挺長槍，來搶寨口。典韋奮力向前，砍死二十餘人。馬軍方退，步軍又到，兩邊槍如葦列。典韋身無片甲，上下前後被數十槍，猶自大叫死戰。刀砍缺不堪用，韋棄刀，雙手挾著兩個軍迎之，擊死者八九人。群賊無有敢近寨門，遠遠以箭射之，箭如雨密。韋猶死拒寨門。但聽得寨後左右賊軍已入，背後長槍徑至，韋大叫數聲，血流滿地而死。半晌無一人敢從門前而入。（《三國志通俗演義》卷之四《曹操興兵擊張繡》）

典韋在身無片甲且缺乏趁手的武器的情況下，面對源源不斷的敵人，居然抓起兩個敵軍的屍首繼續戰鬥，最終雖然壯烈犧牲，但即便他死後，敵人都不敢向前一步。這是何等的勇氣和力量，又是何等的威懾力！作者通過這一震撼力極強的場面描寫，典韋的英雄形象就銘刻在所有讀者的心目中了，無怪乎人們要將他視為三國英雄的首席代表。

　　有趣的是，中國古代小說作家似乎發誓不讓男性獨得英名，而寫出了很多颯爽英姿的巾幗女傑。即便是拿著人體作武器這樣的英雄行為，作者們也絕不讓男子獨擅其美。且看：

> 楚雲已搶進一步，兩手將劉彪舉了起來，也就大聲喝道：「我把你這賊子，今日不送你狗命，也算不了招英館的英雄。」說著就出書房，準備交打。才到院前，只見眾豪奴一齊擁上，個個皆手執利刃，殺將上來。楚雲一見，哈哈大笑道：「你等越多越好，快上來，讓我殺個快活。」眾豪奴聽說，再一細看，原來楚雲兩手抓住劉彪，權當兵器來打人。眾豪奴都存了投鼠忌器的心，不敢上前爭鬥。（《三門街全傳》第四十四回）

楚雲女扮男裝，在與一群歹徒搏鬥的時候，居然抓起惡霸公子劉彪作武器，打得敵人潰不成軍。這種行為堪堪與典韋相媲美。

　　當然，楚雲與典韋相比，還是有很多不同點的。首先，典韋是在喝醉酒而又沒有兵器的情況下背水一戰，局勢對他很不利；而楚雲是主動尋找歹徒，先已經將劉彪抓在手中，局勢較為有利。其次，典韋是在作魚死網破的殊死搏鬥，他不可能全身而退，因為他抓來當作武器的只不過是兩個普通士兵的屍體而已，沒有辦法要挾敵人；而楚雲抓住的則是對方的頭目，而且是活生生的重要人物，因此她可以藉此要挾對方，使敵人投鼠忌器。第三，由於前兩個原因，注定了典韋必然壯烈犧牲而楚雲則可全身而退。第四，由於第三點，又注定了典韋的結局必然是悲劇性的，而楚雲的行為則具有喜劇色彩。

　　同樣是描寫以人當兵器打擊敵人的場面，我們的小說家卻能寫得各具特色，各有千秋，這使我們對他們油然而生欽佩之意。

運動・喘氣・說話

李逵真是一條漢子。

首先，當然是他的勇敢無畏；其次，則是他的見義勇為；第三，還有他的知錯能改。

前面兩點，很多漢子都能做到，最難做的是第三點，但李逵做到了——那就是他誤解乃至誣陷宋江後真相大白時的負荊請罪。

「李逵負荊」的故事，從元人康進之的雜劇《梁山泊李逵負荊》到章回小說《水滸傳》都有描寫。李逵誤以為宋江強搶民女做押寨夫人，氣憤至極，回梁山後與宋江大鬧一場。最後，誤會消除，李逵負荊請罪。這是一個很感動人的故事。就《水滸傳》而言，七十回以後本來沒有什麼很好的關目，而「李逵負荊」則是一個例外。

如果進一步提問，小說中「李逵負荊」的描寫，哪個片斷最為生動而真實呢？我的答案就是李逵回梁山後的反常舉動那一段：

> 李逵、燕青，徑望梁山泊來。路上無話，直到忠義堂上，宋江見了李逵、燕青回來，便問道：「兄弟，你兩個那裡來？錯了許多路，如今方到。」李逵那裡應答，睜圓怪眼，拔出大斧，先砍倒了杏黃旗，把「替天行道」四個字扯做粉碎。眾人都吃一驚。宋江喝道：「黑廝又做什麼！」李逵拿了雙斧，搶上堂來，徑奔宋江。當有關勝、林沖、秦明、呼延灼、董平五虎將，慌忙攔住，奪了大斧，揪下堂來。宋江大怒，喝道：「這廝又來作怪！你且說我的過失！」李逵氣做一團，那裡說得出。（《水滸傳》第七十三回）

你看，李逵根本不回答宋江的問話，而是一連串的「大動作」：跑到聚義廳外，

拔出大斧，砍倒杏黃旗，扯破旗上的大字，又拿了雙斧，搶上堂來，要殺宋江。結果被「五虎將」奪下雙斧，揪下堂來。請注意，這一連串的動作都很大，包括奔跑、運斧、扯旗、搏鬥，而且搏鬥的對象是五個大力士。在這種情勢下，任憑李逵是「黑旋風」，也要刮得氣喘吁吁了。因此，後文所謂「李逵氣做一團，那裡說得出」，就不僅僅是「氣」，而且是「累」了。

一個運動量過大而氣喘吁吁的人，你要他隨即說出流利而通暢的長篇話語，肯定是不可能的。如果誰不信，就請試一下。正是從這一角度出發，筆者認為上引這一片斷不僅是《水滸傳》後三十回中最成功的段落，同時也是中國古代小說史上成功的描寫片斷之一。

惟其成功，就有人效尤。清代的一部小說中也有普通人奔跑後說不出話的描寫。書中寫道，相府惡霸公子花文芳看中了錢林的妹妹，錢府萬般無奈又一籌莫展。幸有婢女趙翠秀願意代小姐出嫁，於是錢家夫人認翠秀為義女，嫁給花文芳。不料，洞房花燭夜，假小姐殺死了惡公子。旋即，錢家派來送「開門合子」的老家人無意之間聽到這個消息。於是：

> 錢家家人一聞此言，向外沒命地就跑，只嚇得他魂飛天外，魄散九霄，出了相府，一路飛跑，來至家中，到裡面慌慌張張沒命的喊道：「不好了！不好了！相公在那裡？」裡面答應，相公在太太房中請安，你為何這等光景。家人也不理他，竟自飛跑至房中，叫道：「不好了！」太太正與公子說話，聽見吃了一驚，問道：「你到他家回來，因何事這等慌張？快快說與我們知道。」家人此時跑得氣急，連話也說不出來了，只見他把兩隻手亂搖。錢林道：「他是老人家，想必一路跑急了，你且喘喘氣，慢慢的再將事情說來。」那老人定了一會，喘氣才平。（《五美緣》第三十二回）

中國有句古話，叫做「一而再，再而三」。不料在《五美緣》之後，晚清小說《九尾龜》中，又一次描寫了普通人奔跑後說不出話的情景。且看：

> 正說之間，只見又闖進一個人，滿頭大汗，秋谷詫異看時，原來就是剛才來請厚卿回去的家人，氣喘吁吁，上氣不接下氣的向秋谷說：「張書玉來了，家爺叫家人來請老爺立刻前去，有要話說呢！」秋谷更加奇異，笑道：「張書玉是去尋你家少爺的。你家少爺同他甚有瓜葛，我卻同他沒有什麼交情。他有話說，怎麼你來尋起我來，你不要弄錯人了罷？」那家人因厚卿書玉糟蹋不成局面，心中也是

著急，又為厚卿吩咐道，立刻去請秋谷。他果然並不停留，飛一般
跑到兆貫裏來，跑得氣喘，便夾七夾八的說了幾句，此時被秋谷提
醒，自家也覺好笑。（第十二回）

應該說，《五美緣》和《九尾龜》中這兩段描寫相對於《水滸傳》中的那段描
寫毫不遜色，甚至更為細膩真切。但可惜的是它們產生在《水滸傳》之後，終
被名著的光輝所掩蓋。

有了李太白，誰再想做大詩人可就難羅！

華裔的古典的通俗的「變色龍」

　　俄國短篇小說大師契訶夫在他的《變色龍》中給我們塑造了一個「變色龍」形象。主人公姓「奧楚篾洛夫」，在帶隊巡邏時，一隻「用三條腿一顛一顛地跑著」的狗使他作出了「變色龍」式的精彩表演。這隻狗咬人了，但是，究竟是咬人的「狗」胡作非為還是被咬之「人」混帳王八蛋，這位聖明的巡官顛來倒去地「變」了六次，令人大飽眼福。（參看汝龍譯《契訶夫小說選》）

　　讀了《變色龍》，就連我們的中小學生都會領悟到其間令人震撼的批判力量。同時，也感歎契訶夫筆鋒的犀利深刻。然而，又有多少人知道，這種「變色龍」式的人物，在中國古代小說中卻早已一而再再而三地出現過。當我們認識了這些華裔的、古典的、通俗的「變色龍」之後，就不會讓契訶夫先生高效諷刺之筆「獨美」數百年了。

　　咱們不妨按照時間先後順序來展覽這些可愛而又可惡的變色龍：

　　　　正說之間，只見差撥過來，問道：「那個是新來配軍？」林沖見問，向前答應道：「小人便是。」那差撥不見他把錢出來，變了面皮，指著林沖罵道：「你這個賊配軍，見我如何不下拜，卻來唱喏！你這廝可知在東京做出事來，見我還是大剌剌的。我看這賊配軍，滿臉都是餓文，一世也不發跡！打不死、拷不殺的頑囚！你這把賊骨頭，好歹落在我手裏，教你粉骨碎身，少間叫你便見功效。」把林沖罵的一佛出世，那裡敢抬頭應答。眾人見罵，各自散了。林沖等他發作過了，去取五兩銀子，陪著笑臉告道：「差撥哥哥，些小薄禮，休嫌小微。」差撥看了道：「你教我送與管營和俺的，都在裏面？」林

-67-

沖道：「只是送與差撥哥哥的。另有十兩銀子，就煩差撥哥哥送與管營。」差撥見了，看著林沖笑道：「林教頭，我也聞你的好名字，端的是個好男子，想是高太尉陷害你了。雖然目下暫時受苦，久後必然發跡。據你的大名，這表人物，必不是等閒之人，久後必做大官。」

（《水滸傳》第九回）

《水滸傳》的偉大之處很多，譬如人物塑造吧，不僅僅使武松、魯達、李逵、林沖、宋江等知名英雄人物顯得虎虎有生氣，就連這不起眼的差撥，他連姓名都沒有，居然也能成為不朽的藝術形象。而這位無名差撥之所以不朽，乃是因為他變色龍式的表演，乃是因為作者對他所進行的前後對照的描寫中間所蘊含的巨大而深刻的批判力量。關於這一些，每位讀者只要將上引文字中在林沖拿出銀子前後差撥截然不同的言辭一一對照，就可以明白其間的藝術奧秘了。

更妙的是，《水滸傳》中這位無名差撥竟然「子子孫孫無窮匱也」！許許多多的變色龍在此後的小說作品中絡繹不絕。要將這些變色龍子孫一一排列，實在是一件為難筆者的事。因為他們不僅生活在小說作品這樣的藝術世界裏，而且大規模活躍於我們的現實生活中。只要諸位用心去看，就會有所發現的。這裡，我們還只能以文本為根據，來看看幾位變色龍的孝子賢孫。第一位就是《儒林外史》中范進的岳丈胡屠戶。下面所引的兩段文字，中間只有一座分水嶺，那就是「范進中舉」。且看：

不覺到了六月盡間，這些同案的人約范進去鄉試。范進因沒有盤費，走去同丈人商議，被胡屠戶一口啐在臉上，罵了一個狗血噴頭，道：「不要失了你的時了！你自己只覺得中了一個相公，就『癩蝦蟆想吃起天鵝肉』來！我聽見人說，就是中相公時，也不是你的文章，還是宗師看見你老，不過意，捨與你的。如今癡心就想中起老爺來！這些中老爺的都是天上的文曲星！你不看見城裏張府上那些老爺？都有萬貫家私，一個個方面大耳。像你這尖嘴猴腮，也該撒拋尿自己照照，不三不四就想天鵝屁吃！趁早收了這心，明年在我們行事裏替你尋一個館，每年尋幾兩銀子，養活你那老不死的老娘和你老婆是正經。你問我借盤纏，我一天殺一個豬還賺不得錢把銀子，都把與你去丟在水裏，叫我一家老小嗑西北風！」一頓夾七夾八，罵的范進摸門不著。

......

　　胡屠戶道：「我那裡還殺豬！有我這賢婿，還怕後半世靠不著也怎的？我每常說，我的這個賢婿，才學又高，品貌又好，就是城裏頭那張府、周府這些老爺，也沒有我女婿這樣一個體面的相貌。你們不知道，得罪你們說，我小老這一雙眼睛卻是認得人的。想著先年我小女在家裏，長到三十多歲，多少有錢的富戶要和我結親！我自己覺得女兒像有些福氣的，畢竟要嫁與個老爺，今日果然不錯！」說罷哈哈大笑，眾人都笑起來。看著范進洗了臉，郎中又拿茶來吃了，一同回家。范舉人先走，屠戶和鄰居跟在後面，屠戶見女婿衣裳後襟滾皺了許多，一路低著頭替他扯了幾十回。到了家門，屠戶高聲叫道：「老爺回府了！」（《儒林外史》第三回）

很簡單，胡老爹的精彩絕倫的表演，或者說，胡老爹的表演之所以精彩絕倫，就在於他會「變臉」「變話」……每一根毫毛、每一絲唾沫、每一塊肌肉都會變。

　　以上兩個例子，可能會給讀者造成一個錯覺：是否中國古代小說中的「變色龍」形象只是出現在名著之中呢？請千萬不要這樣認為，下面，筆者就請出非名著的小說作品中的變色龍們，讓大家校正錯覺：

　　小塘跟小沙彌進了草舍，見一個半老和尚在那裡烤火，連忙近前惶惶陪笑說：「師父，學生有禮了。」那和尚見小塘身上破爛，只還了半個問訊，沒好氣，向小沙彌言道：「半夜更深，不問張三李四，只管放他進來，要是一個歹人你也不管麼？」小塘見這光景恐不肯留自己住下，遂拿出一個小銀包兒，約有四錢來往銀子，雙手捧定，說：「老師父，不要嗔怪令徒，學生因沒處投宿，前來驚動，望乞容留一宿。這是四錢銀子，請幾股好香燒罷。」老和尚一見銀子，當時變過臉來，說：「相公，不是貧僧狠哆小徒，只因敝寺荒涼，時常有歹人來往，方才言語莽撞，相公休怪。既要投宿，豈敢不留，何必又賜香資。」口裏雖說這話，早把銀子接到手中，說：「徒弟，相公想來還未用飯，快忙取齋來。」（《升仙傳》第五回）

這一位「和尚」變色龍的特點是速變、隨機應變。不過，他的這種本領也確確實實是為生活所逼。而且，我們每一位讀者說不定也這樣「隨機應變」過，只不過角度、程度不同而已。因此，我們對他切不可厚責之。

和尚而外，妓女中間的變色龍當然更是大量存在：

> 桂香看了一眼，哼了一聲，笑嘻嘻的道：「有件事對不起你們，雲少爺今天要在此擺酒。你知道的，我家房屋窄，意思要請你們讓下房子。柏老爺就同家里人一樣，我也不說套話，倒得罪這位松老爺了。」柏忠大難為情，老臉通紅道：「我們是逢場作戲，只要有房，我們坐就罷了。」桂香當做不聽見，站立等候。……依仁賺了松筠二十多兩在腰內，一齊取出，放在桌上一大包。桂香等見大包銀子，也就軟了，笑道：「不讓罷了，生什麼氣，還是熟人呢！」柏忠此時興會了許多，不住的要茶，要煙，鬧得不亦樂乎。（《蘭花夢奇傳》第十一回）

相比較而言，這妓女變色龍比和尚變色龍更多了幾分可惡、可厭。個中原因，是因為那和尚變色龍表現的是「普通」勢利眼，而妓女變色龍所體現的則是「職業」勢利眼。

有時候，變色龍們還會地進行出色而又笨拙的集體性表演：

> 員外說：「可以。」叫：「周福，你跟道爺去捉妖。」周福說：「不行，我鬧肚子，不能當差，員外派別人罷。」員外吩咐：「周祿，你去。」周祿說：「不行，我害眼呢。」周員外是位善人，一聽都不願去，自己明白：重賞之下，必有勇夫，人不為利，誰肯早起。員外說：「誰要去跟道爺捉妖？不白去，一夜一個人，我給十兩銀子。可就要七個人，誰願去誰去。」旁邊周福說：「員外，我去。」員外說：「你不是鬧肚子嗎？」周福說：「我方才得了個仙方，買一棵芍藥要粗的。」員外說：「要那個做什麼？」周福說：「熬水喝了，就好。」員外說：「你這是聽見了銀子了，混帳東西！」周祿說：「我去。」員外說：「你不是害眼嗎？」周祿說：「不是。員外沒聽明白，我在家礙眼。」少時七個家人都有了。（《濟公全傳》第五回）

有時候，就連一些小說作者都對這些「變色龍」的行為看不過眼，在揭示他們醜陋面目、口吻的同時，忍不住插嘴進行簡短明快的評價：

> 張三大人騎上馬，帶著四五個跟人，出了衙門，要上背後街給老母請安，然後再找大哥張廣聚算帳。方才走著，瞧看之人不少。先前在糧店見與他大哥廣聚打架，一個個的說：「這樣不要強的東

西！由自幼兒我就瞧他不成器，到如今還是不成器！」這又瞧見三爺戴花翎三品頂戴，身穿官服，四五個跟人，一個個的甚是威風。他又換過嘴來說：「我當初瞧著他是一個好人，必要作官。由自幼兒就不俗，如今作了官了，我知道必要成名的！」這就是人嘴兩片皮，由著他說，大漢非奸則傻，矮人心內三把刀，怎麼說怎麼有理。（《永慶升平前傳》第四十二回）

「官」們身邊的變色龍已經令人萬分討厭，而作為「官」的守門人——「門官」中的變色龍則更令人討厭萬分了：

> 見王府裏幾個挺腰凸肚門官都在那裡指天劃地的講什麼。榮伯賠著小心，緊步上前請了個安。一個門官向榮伯瞧了一瞧，問道：「你是哪裏來的？」榮伯道：「回老爺，小的在上海輪船上吃飯的，有一封信要進呈王爺，叩求哪位老爺替小的送一送進去。」門官聽得，就沒工夫理他了，依舊指手劃腳講他的話。……忽見裏頭走出一個人來，五六個門官見了那人，一齊都站起身來，齊稱：「龍老爺怎麼有工夫外邊來？王爺有甚吩咐？」那人回頭瞧見了榮伯，忙道：「咦！你不是劉榮伯？」榮伯道：「哎喲！我的老爺！多時不見你老人家面了，你老人家一竟好呀！」那人道：「老劉，我們老朋友，快裏頭來坐坐，裏頭來坐坐。」一把拖住拖進門房。那幾個門官見龍老爺這樣的殷勤，忙都換了副面孔。掇臀捧屁，無所不至。這個說請坐，那個說用煙，忙得個不亦樂乎，都為這龍老爺是王爺貼身服侍的人。（《最近社會秘密史》第十七回）

上述「門官」，是坐地收贓的變色龍；與之相配的則有下述「里正」，卻是遊動敲詐的變色龍。

> 隨附著寓主人的耳悄悄道：「你窩藏刺客，傷害長官，你這罪名可了不得。你想想！」寓主人聽了，嚇得面上青黃不定，呆了一會，用手悄悄地把里正衣服一扯，里正會意，一同到一僻靜房裏。寓主人向他咕嚕了半天，里正閉了眼坐在那裡，忽而點首，忽而搖頭，忽而皺眉，忽而歎氣。主人又向央求了半天，將一個包裹塞在他手裏，他又故作為難了一會，只說一句：「客人包袱內的怎樣？」寓主人又輕輕地說了兩句。里正慢慢睜開眼，先咳嗽了兩聲，方道：「我與你至交好友，這是天大禍事，我不替你擔代些兒，如何對得

住平日的交情？銀錢兩個字算得甚麼！你我大丈夫做事，還要替換生死，全憑的一副熱腸，滿腔血性，才算得是好漢子，銀錢值個狗屁？只是我若是不收下，你又不放心，我暫時替你存著，你要用時只管來取。」（《熱血痕》第六回）

這樣一些厚顏無恥的「小兒科」的變色龍，我想，每一位讀者在日常生活中應該會邂逅相遇吧！更為有趣的是，中國的作家居然能在小說這麼一種當時最現實也是最虛擬的空間塑造出他們所認為的外國變色龍形象。在一部描寫外國人「造反」的晚清小說中，當一位男革命者去牢房中探望一位女革命者時，忽然碰到了一位洋「獄卒」先生。而且，《水滸傳》中無名差撥的幽魂居然在這位洋差撥——獄卒的身上借屍還魂了：

獄卒側頭，兩眼斜視德烈說道：「你想見蘇菲亞？」說畢，不轉睛的看著德烈。等了許久，見德烈依然呆立不動，因就發怒喝道：「你好狗膽！你同那個女犯一定是一路人，你還不走，莫不是要老爺拿你麼？」德烈看了這個光景，心裏明白，陪笑說道：「大哥別要動怒，我有一點。」說著，連忙從身上拿出一個小包打開，拿了三四十張新新鮮鮮的銀紙，遞獄卒手上，就道：「恕我簡慢，千萬勿怪。」獄卒一手拿去，幾乎不曾把德烈的掌兒都抓出血來，垂頭看了一眼，急忙插入衣袋裏頭，立刻翻過臉來，陪笑問道：「你拿來的是什麼東西呢？」德烈道：「不過幾樣罐頭的東西，這是看朋友照例拿來，望大哥給我拿進去罷。」獄卒道：「你方才不早說明，我估量是什麼炸藥兇器，原來如此，我替你拿去通報罷，你叫什麼名字呢？」（《東歐女豪傑》第三回）

古今中外的變色龍如此之多，這真是一件可悲的事；而古今中外的小說作品中的變色龍如此之多，又真是一件可喜的事。

可悲的事，讓我們感受生活；可喜的事，讓我們享受精神。

美女將軍與矮子將軍的怪味姻緣

　　依稀記得有人說過這樣的話：關漢卿雜劇創作的一大特色就是經常讓自己筆下的女主人公處於左右為難的地步，以此製造「戲劇性」。其實，讓筆下女主人公左右為難的又何止於一個關漢卿？許許多多的元雜劇作家都是如此。進而言之，數量更多的戲劇作家均乃如此。再進而言之，包括戲劇小說在內的幾乎所有的通俗文學作家絕大多數都是這樣。

　　何以如此？我們不要忘了戲劇小說都是從瓦舍勾欄中起來的，而瓦舍勾欄中的文學藝術都是將娛樂功能放在第一位的。而要想實現通俗文藝的娛樂功能，你就得讓讀者觀眾「笑」，讓他們產生愉悅感。否則，你就是失敗。

　　中國古代通俗小說中有一種調弄女主人公的特殊寫法：讓美麗的、身材高挑的女將軍嫁給其貌不揚的、身材矮小的男將軍，從而，締結一種讓人忍俊不禁的怪味姻緣。

　　《水滸傳》中的美女將軍扈三娘嫁給矮腳虎王英的故事是盡人皆知的，而且，他們還是不打不相識的戰場姻緣：

> 　　原來王矮虎初見一丈青，恨不得便捉過來，誰想鬥過十合之
> 上，看看的手顫腳麻，槍法便都亂了。不是兩個性命相撲時，王矮
> 虎卻要做光起來。那一丈青是個乖覺的人，心中道：「這廝無理！」
> 便將兩把雙刀，直上直下，砍將入來。這王矮虎如何敵得過，撥回
> 馬卻待要走。被一丈青縱馬趕上，把右手刀掛了，輕舒猿臂，將王
> 矮虎提離雕鞍，活捉去了。（第四十八回）

筆者在《釋「一丈青」》一文中曾經對扈三娘的綽號作過專門的考證：「其實，很早就有人注意到『一丈青』乃是身高一丈的意思，形容某人高挑身材。清

人程穆衡《水滸傳注略》卷四十七云：『一丈青。《夢粱錄》：官妓有一丈白楊三媽等名，知宋時多有此等稱謂，蓋皆甚言其長也。』查《夢粱錄》卷二十『妓樂』條，果然有『一丈白楊三媽』的名號。」可知，「一丈青」就是為了表明扈三娘的柔美高挑身材的。而這位高挑美貌的女子最後終於嫁給又矮又丑、本事又不咋樣的王矮虎了，而做大媒的居然就是宋公明哥哥。

> 宋江自去請出宋太公來，引著一丈青扈三娘到筵前。宋江親自
> 與他陪話，說道：「我這兄弟王英，雖有武藝，不及賢妹。是我當初
> 曾許下他一頭親事，一向未曾成得。今日賢妹你認義我父親了，眾頭
> 領都是媒人，今朝是個良辰吉日，賢妹與王英結為夫婦。」一丈青見
> 宋江義氣深重，推卻不得，兩口兒只得拜謝了。（第五十一回）

可以看出，一丈青在嫁給王矮虎的時候，內心是不怎麼情願的，但礙於宋江和眾頭領的面子無可奈何地答應了這門親事。但是，如果我們換一個角度看問題，從長篇通俗小說作品為了避免讀者的審美疲勞而不時追求一點諧趣的角度看問題，以頎長美貌的「一丈青」配與五短身材的「矮腳虎」，其中的喜劇意味不是也橫溢紙上了嗎？

然而，這僅僅是「始為濫觴」而已，此後的通俗小說作品卻將《水滸傳》這種對女主人公的有限度、有分寸的調弄發揚光大，諧趣意味更為強烈，而女主人公也就更其為難了。且看《封神演義》中所描寫的美女將軍與矮子將軍這一對怪味夫妻的「鬧洞房」：

> 鄧嬋玉被土行孫一席話說得低頭不語。土行孫見小姐略有迴心
> 之意，又近前促之曰：「小姐自思，你是香閨豔質，天上奇葩；不才
> 乃夾龍山門徒，相隔不啻天淵。今日何得與小姐靚體相親，情同夙
> 覯？」便欲上前，強牽其衣。小姐見此光景，不覺粉面通紅，以手
> 拒之曰：「事雖如此，豈得用強！候我明日請命與父親，再成親不
> 遲。」土行孫此時情興已迫，按納不住，上前一把摟定；小姐抵死拒
> 住。土行孫曰：「良時吉日，何必苦推，有誤佳期。」竟將一手去解
> 其衣。小姐雙手推託，彼此扭作一堆。小姐終是女流，如何敵得土行
> 孫過。不一時，滿面流汗，喘吁氣急，手已酸軟。土行孫乘隙將右
> 手插入裏衣。嬋玉及至以手擋抵，不覺其帶已斷。（第五十六回）

《封神演義》中的土行孫與《水滸傳》中的王矮虎一樣，又矮又醜，但本領卻比王矮虎要高出一籌。因此，在美麗而高挑的新娘鄧嬋玉面前，全然沒有王

英的那種自卑猥瑣，而是充滿自信地毫無顧忌地「戲妻」，將洞房搞得熱熱鬧鬧。而讀者讀了這樣的鬧洞房的描寫之後，也在閱讀緊張激烈的戰鬥場面之餘得到一份休憩、一份愉悅、一份藝術享受。

如果說，土行孫的鬧洞房還只是戲弄自己的合法妻子（儘管鄧嬋玉的父親鄧九公是假許婚，但已被姜子牙等算計成為真洞房）的「嬉鬧」的話，下面這一位矮將軍可就有些「胡鬧」了。

> 豈知他與艾女姻緣宿定，正合其時，故有此番遇合。行未及出莊外，想來被他擒捉出醜一場，何不將他輕薄調弄一番，以報日間綁縛之恥。倘他將差就錯，允肯此事，與我結為夫婦，若得此佳人，是一生心滿意足。且法門武藝之女，亦可借他相助平服南唐，豈不兩全之美。彼悄悄回至小姐臥房中，行近牙床，仍聞小姐徐徐鼻息，又且喜燈光未滅，一時色膽如天，將身捱上牙床。亦是兩人緣締當合，及至艾小姐醒來，酒氣過多，尚還動彈不得，方知失身於矮將。正要大呼有賊，馮茂著急，伸手掩小姐桃口。（《宋太祖三下南唐》第二十九回）

這位矮將軍馮茂也像王矮虎一樣，被女將軍艾銀屏俘獲並裝進布袋之中高高弔起。不過，他的本領稍強，竟從袋中跑了出來。隨後就發生了以上所引的那一段調戲美女將軍的故事。這裡的美女將軍比鄧嬋玉更為倒楣、也更為難受，不過，最終她也與扈三娘、鄧嬋玉一樣，還是違心地嫁給了屬於她的矮將軍。

這種由勾欄調笑之風發展而來的讓女主角左右為難的喜劇場面的描寫，在此後的通俗文學作品中還繼續存在。但真正從理論上對此進行總結的則是小說戲劇界的幽默大師李漁。這位酷愛喜劇藝術的李笠翁曾經說過：「傳奇原為消愁設，費盡杖頭歌一闋。何事將錢買哭聲，反令變喜成悲咽。唯我填詞不賣愁，一夫不笑是吾憂。舉世盡成彌勒佛，度人禿筆始堪投。」（《風箏誤·釋疑》）此語，誠乃通俗文學作家曾經滄海的至理名言。

讓人們笑起來，是通俗文學作家的根本任務之一。

進而言之，娛樂功能理應成為小說創作的第一功能。因為，百分之九十九以上的讀者是抱著娛樂、欣賞的態度來閱讀小說作品的，極少有人是抱著接受教育的心理來讀小說的。

即便是要依靠通俗文學來教育人民，也只能寓教於樂。那種在通俗文學作品中進行赤裸裸的教化的作家，注定是要失敗的。

急驚風偏遇慢郎中

中國有句古話：「急驚風偏遇慢郎中。」意謂性急之人急於辦急事，偏偏碰上對方是個性情極緩之人，給你慢吞吞地辦著，讓你急不可耐。我們在現實生活中往往會碰到這樣的人和事。然而，有誰料到，「急驚風偏遇慢郎中」居然也是一種小說創作的方法。

我們先看晚清小說《傀儡記》中的一段描寫：

> 趙中堂見了這般光景，吃了一驚，便問道：「小兒在杭州什麼事情？我這幾天告了病假，外邊什麼事也不知道。」余逢吉支支吾吾了一會，方才說道：「聽說德興上了一個參摺，把世兄參了十二款，參得甚是利害。皇上把他的參摺飭交軍機處議奏，軍機處議了一個……」余逢吉說到此際，就頓住了口，說不下去。趙中堂見了，曉得事體有些尷尬，不由得著急起來，急急的問道：「軍機處議了個什麼？可是革職麼？這個官也本來沒有什麼做頭。」余逢吉聽了，越發不敢說出，默然半晌，閉口無言。趙中堂連問了幾聲，見余逢吉只是不說，便著了急，對他說道：「你是個豪士，怎麼也蹴蹴螫螫的這樣肉麻？就是有了什麼兇信，也是沒法的事情，你這會兒不肯實說，難道好瞞著一輩子，不叫我曉得不成？」余逢吉被他逼住了沒法，只得說道：「門生是聽他們一班同寅傳來的話兒，也不曉得究竟事情怎樣，聽說軍機處照著德撫臺摺子上的話兒，擬了一個……」余逢吉說到此際，終久覺得礙口，便又停了一停。趙中堂急得連連跺腳道：「我這樣的性急，你還這樣慢吞吞的和我打哈哈兒，這是個什麼道理！」余逢吉見趙中堂急得面紅耳漲，料想不

說不行，只得實說道：「那德興的參摺上是『請旨即行正法』，軍機
處把原摺批准了，發了回去，卻不曉得真假如何。」（《傀儡記》第
五回）

這裡描寫趙中堂要得知兒子消息的急切心理和趙中堂的學生余逢吉得知這一
駭人的消息不敢對老師明言的狀態，可算是書中人物之間的「急驚風偏遇慢
郎中」，是趙中堂的「急驚風」遇著余逢吉這位「慢郎中」了。就這段描寫本
身而言，非常生動，也非常真切，可以算作是上流小說中的罕見的精彩片斷
了。然而，這樣的描寫只能說是一種頗為常見的塑造人物的手段，對於讀者
而言，卻並未形成多大的刺激。因為此處所寫的余逢吉報告給趙中堂的消息，
在小說的前文已經交代，讀者是知道的。

進而言之，更高明的作者除了在書中人物之間造成「急驚風偏遇慢郎
中」的藝術效果的同時，更要在急於瞭解故事結局的讀者面前故弄玄虛，讓
讀者的「急驚風」遇到作者這個「慢郎中」，從而對讀者進行「藝術折磨」。其
實，這是一種更為行之有效的敘事方法。

筆者所知，較早使用此法的是《水滸傳》一書，而較早體悟出此法的則
是金聖歎。下面這段江州城處決宋公明的故事，就是典型的「急驚風偏遇慢
郎中」的寫法，而金聖歎的評點更讓我們及時而深刻地認識到這一點。以下
引文括號中的文字即金聖歎批語：

蔡九知府聽罷，依準黃孔目之言，直待第六日早晨，先差人去
十字路口，打掃了法場，（偏是急殺人事，偏要故意細細寫出，以驚
嚇讀者。蓋讀者驚嚇，斯作者快活也。）飯後，點起士兵和刀仗劊
子，（急殺人事。）約有五百餘人，都在大牢門前伺候。已牌時候，
獄官稟了，知府親自來做監斬官。（急殺人事。）黃孔目只得把犯由
牌呈堂，當廳判了兩個斬字。便將片蘆席貼起來。（急殺人事，偏又
寫得細。）……當時打扮已了，就大牢裏把宋江、戴宗兩個攛掇起，
（一發急殺人。）又將膠水刷了頭髮，綰個鵝梨角兒，（偏要細寫，
惡極。）各插上一朵紅綾子紙花。（偏要細寫，惡極。）驅至青面聖
者神案前，（偏要細寫。）各與了一碗長休飯，永別酒。（偏要細
寫。）……六七十個獄卒，早把宋江在前，戴宗在後，推擁出牢門
前來。（越急殺人。）……押到市曹十字路口，團團槍棒圍住，（越
急殺人。）把宋江面南背北，將戴宗面北背南，（偏細。）兩個納坐

下，只等午時三刻，監斬官到來開刀。（十八字句，真正急殺人。）
那眾人仰面看那犯由牌上寫道：「江州府犯人一名宋江，故吟反詩，
妄造妖言，結連梁山泊強寇，通同造反，律斬。犯人一名戴宗，與
宋江暗遞私書，勾結梁山泊強寇，通同謀叛，律斬。監斬官江州府
知府蔡某。」（已到法場上，只等午時到矣，卻不便接午時三刻四字，
卻反生出眾人看犯由牌一段，如得惡夢，偏不便醒，多挨一刻，即
多嚇一刻。吾常言寫急事，須用緩筆，正此法也。）（金本《水滸》
第三十九回）

自從在《水滸傳》中出現了這種對讀者進行「藝術折磨」的文字以後，通俗小
說之模仿者便層出不窮。聊舉二例為證：

　　　　這劉瑾因是困倦，奈性命攸關，心如火焚。自思：方才若得出
城，已安穩了。偏遇著城閉。明是天作孽猶可違，自作孽不可逭。
今我在此，追兵必在後面。多緩這一夜，誤事不少。真是歡娛嫌夜
短，寂寞恨夜長。千回萬轉，愁腸百結。及聽至五更，恰是得了一
道赦詔一般，站起身來，解下馬四，立在城下，盼望開城逃命。不
多時就來了許多民人商賈，齊到伺候開城門。天色已明，不湊巧恰
遇守城官酣睡未醒。軍士只得去喚醒守城官，忙令軍士快到提督府
去領鑰匙。軍士領令而去。時劉瑾等得心焦意亂，問旁人曰：「為何
城門這等晏開？」旁人曰：「黎明便開，今早不知何故此時未開。」
劉瑾暗恨這狗官可惡，誤我行程。此時行人越來越眾，城門下積得
人山人海，挨挨擠擠，喧喧鬧鬧。劉瑾思：若開城門，等得這些人
出盡，待到幾時？就牽馬要上前。眾人喝曰：「爾的馬莫不要來踢死
人麼？請須退在後面。」劉瑾被喝無奈，仍退在後。那領鑰匙的軍
士已到，全五六名軍士，一起前來開城。才開了內城，又開外城。
方開了鎖門，棍未抽下，門甫半開，城外亦積得人更多，紛紛爭進
爭出，反把開門軍士幾乎撞倒。（《白牡丹》第三十二回）

　　　　話說賈氏上房去了。紀氏一人在房子裏頭，坐也不是，睡也不
是，兩隻眼睛，只顧望著玻璃窗子上。看見外頭，穿紅著綠的，大
大小小，年老年輕的，大腳小腳的，這些大娘、姑娘，穿梭似的來
來去去，真是天上玉皇府，人間宰相家。睄了半天，回頭一看，壁
上掛的鐘，差不多十二下了，怎麼梳頭要那麼大的工夫？等的著

急，忽見門簾子一動，趕緊的站起來。原來掀簾子進來的不是表姊，是個大腳丫頭，說：「你這位奶奶請坐，賈奶奶差不多要下來了，這時候叫我來拿香肥皂去洗手呢。」說著，拿了肥皂去了。紀氏又等了一會子，看鐘已走到一點了，玎玎璫璫的，又連響了幾下，是報一點三刻鐘。紀氏想：我的車還在門口等呢，不知表姊去探聽行不行？若不行，又白耽擱了一天。正在躊躇無主意，忽見賈氏得意洋洋的進來，拉著紀氏的手說：「真是妹夫的官星發動，財星照命，也不虧我們姊妹一場，妹夫得了好處，可不要忘記姊姊。你還有個外甥，一個表侄，也得你照顧照顧，賞一個兩個差使，叫他們去混去。」紀氏聽了這一片的話，摸不著頭腦，便問：「你別空開心，這事到底行不行？」賈氏噗嗤的一笑道：「我可真高興昏了，說了這麼多話，你的事一句都沒說，只顧為了我了。妹妹你別急，坐下聽我告訴你：我們這位新姨奶奶，是前年上海黃祖絡送進來的。……」
（《官世界》第五回）

上述二例中，第一例寫奸宦劉瑾東窗事發之後，往邊關逃竄。結果，在出居庸關時遇到了麻煩。作者對劉瑾「急驚風」之「急」與守城官「慢郎中」之「慢」作了入骨三分的描寫，達到了如聞其聲、如見其人的藝術效果，使讀者產生了人同此心、心同此理的感覺。因為篇幅的限制，筆者不能繼續引錄。其實，該書接下去還有劉瑾的馬在出門時吃了人家柴把上的青葉並將挑柴老人壓翻在地的描寫，這樣，就使劉瑾被人羈絆見官，不能出關。隨即，又寫劉瑾行賄、詐騙、冒充、威脅各種手法用盡，最終無效被擒獲的過程。在這長達數千字的描寫中，基本上採用的就是「急驚風偏遇慢郎中」的方法，將一個急欲出關而最終未能出關的奸宦的心理、形態寫得惟妙惟肖。這樣的描寫，堪稱對《水滸傳》同類寫作手法的發揚光大。

第二例雖然不及第一例那麼精彩，那麼扣人心弦。但是，它卻寫了一個官太太紀氏在託表姊賈氏找門路為丈夫謀求職位時的微妙心理，顯得格外細緻深入。當表姊進去與當權者的姨太太「請託」時，這位紀氏在客廳裏可謂如坐針氈、度日如年。每一個從上房出來的人都會被認為是消息傳遞者，結果都不是，而隨著掛鐘的一次一次敲打，時間也在萬分焦急中流逝。好不容易盼到真正的「消息樹」表姊出來，卻不料這位賈氏夫人卻絮絮叨叨地先說起「以後」的拜託，又說起被請託的「姨奶奶」的輝煌歷程。這真正是「急驚

風偏遇慢郎中」，將紀氏太太急殺。

需要指出的是，以上二例與《水滸傳》相同而與《傀儡記》有別，它們在讓書中人物之間「急驚風偏遇慢郎中」的同時，也讓作者這個「慢郎中」折磨了讀者這一群「急驚風」患者。其實，這也就是一種小說創作中的「懸念」設置法，它讓讀者欲罷不能，只好如饑似渴地讀下去。

從小說創作的角度出發，能有人閱讀是「硬道理」，而讓讀者產生欲罷不能的「讀下去」的心態，則是「硬道理」中的「硬道理」。

那些自以為很深刻而無人問津的小說其實從根本上講並不能算作「小說」。

小說，永遠是屬於人民大眾的，它不屬於文人，它更不是文人之間交流思想的工具。

發生「劇變」的地穴藏人數字

　　筆者這個年齡的人，大都看過一個影片《地道戰》，那是寫抗日戰爭期間冀中軍民利用地道打擊日寇的故事。那裡面的地道可謂五花八門，精彩絕倫，巧奪天工。然而，若探討地道的源頭，首先得瞭解地洞，或者叫做地窖子、地窖、地穴。歷史上的地道可能產生更早，但在章回小說中，《水滸傳》可以算作是較早描寫地道的一本書了。

　　《水滸傳》中描寫的地道主要有兩處：

　　一處是在東京城，宋徽宗去會見相好的名妓李師師所鑽之地道：「看看天晚，月色朦朧，花香馥郁，蘭麝芬芳。只見道君皇帝引著一個小黃門，扮作白衣秀士，從地道中徑到李師師家後門來。」（第八十一回）這種狀況在全書最後一回又寫了一次，基本相同。

　　另一處是在郓城縣宋江家中，那只能算是「準地道」，規模很小，不能通行，而只能藏少數幾個人，故而，書中稱之為「地窖子」。且看：「朱仝自進莊裏，把樸刀倚在壁邊，把門來拴了。走入佛堂內，去把供床拖在一邊，揭起那片地板來。板底下有條索頭。將索子頭只一拽，銅鈴一聲響，宋江從地窖子裏鑽將出來。」（第二十二回）

　　當然，宋江家的地窖子主要是用來防身藏匿用的。因為宋江只是一個小吏，要防止飛來橫禍。關於這一點，書中說得非常清楚：「那時做押司的，但犯罪責，輕則刺配遠惡軍州，重則抄剳家產，結果了殘生性命。以此預先安排下這般去處躲身。」令人想像不到的是，《水滸傳》中的這一描寫，卻給後代許多小說開闢了廣闊的空間：既然可以藏人，為什麼只藏一兩個而不能成百上千乃至成千上萬呢？殊不知這樣一來，「藏人」可就發展為「收藏」武

裝人員——「藏兵」了。以下三段描寫，所體現的正是這種地穴藏兵的數字
劇變：

> 那個高如岳，係高迎祥相識的連宗兄弟，譚名「闖塌天」，性好
> 交結江湖，極有義氣。家中有個地窖，可容得百餘人。（《鐵冠圖忠
> 烈全傳》第五回）

> 這佟家塢有一家鄉宦，姓佟名林，他兄乃是參將，他兩個兒子
> 皆是武童。道府州縣衙門常有來往交情，素日仗勢欺人。……院中
> 養著打手有一千上下的人，地洞內藏匿著有三千勇丁。（《劉公案》
> 第十一回）

> 這裡宋雷有二十四名家將護庇，在旁邊地穴內還藏著十萬亡命
> 徒之兵。（《八賢傳》第九回）

你看，從高如岳的百餘人到佟林的一千上下直至宋雷的十萬亡命徒，這些強
盜惡霸地穴中藏兵的數字發生了劇烈的變化。

那麼，在這劇增的數字背後說明什麼呢？

說明名著《水滸傳》的描寫符合生活真實，而越到後來的三四流小說的
描寫就越發遠離現實，令人不能相信，成為一種過度的誇張。

一個地窖裏藏幾個人是真實可信的，藏百餘人便有些捉襟見肘，藏千餘
人就大有問題，至於藏十萬人，有這種可能嗎？別的不說，這十萬人的吃喝
拉撒問題怎麼解決？

我想，《八賢傳》的作者是不可能回答我這個問題的。

我想，這位作者如果要回答我的這個問題，他首先必須弄懂合理誇張的
藝術法則。

《金瓶梅》「美人秋韆詩」從何而來？

《金瓶梅》中有一段美人打秋韆的描寫：

> 打了一回，玉樓便叫：「六姐過來，我和你兩個打個立秋韆。」
> 分付：「休要笑。」當下兩個玉手挽定彩繩，將身立於畫板之上。月
> 娘卻教蕙蓮、春梅兩個相送。正是：「紅粉面對紅粉面，玉酥肩並玉
> 酥肩。兩雙玉腕挽復挽，四隻金蓮顛倒顛。」（第二十五回）

此處描寫，甚為生動。尤其是那四句「美人秋韆詩」，作者可謂信手拈來，卻
起到了對人物刻畫細微的效果，而且還帶有一點美麗的戲謔意味。然而，此
「美人秋韆詩」也僅僅是蘭陵笑笑生「信手拈來」而已，而不是他的發明創
造。這四句詩來自明代一篇「變體」話本小說作品。請看：

> 君王與解縉閒遊，忽見幾宮人打秋韆，要詩。「二八嬌娥美少
> 年，綠楊影裏戲秋韆。兩手玉股挽復挽，四腳金蓮顛倒顛。紅粉面
> 朝紅粉面，玉酥肩並玉酥肩。遊春公子停鞭打，一對飛仙下九天。」
> （《解學士詩話》）

解縉乃明代初年著名的大學士，民間尤其喜歡將一些打油詩、戲謔詩或帶有
民俗風味的詩歌作品統統算在他的名下。這篇《解學士詩話》就是明代一部
打著解縉的旗號而傳播民間詩歌創作的話本小說。由於全篇以「詩」連綴許
多小故事，而眾多的小故事大都不過是起到穿針引線或交代背景的解釋文字
而已。因此，它與那種以敘事為主的正體話本小說有較大的不同，只能稱之
為話本小說的變體。

查四庫本《文毅集》，解縉的詩歌中並無上述「宮人秋韆詩」。這篇作品
的創作者恐怕只能是永遠「佚名」了。其實，通俗文學中的某些「詩歌作品」，

其來源不外乎三個方面。一是書中所寫的歷史人物自身創作的作品，二是民眾創作而嫁接到書中人物身上的作品，三是小說作者捉刀代筆為書中人物所寫的作品。《解學士詩話》中的「解縉作品」主要是第二種情況。

可見，名人效應對古代小說的創作也是有著很大的促進作用的。

忒陰毒的戰陣

中國古代打仗講究佈陣，而古代的通俗小說尤其喜歡描寫這些戰陣。但在所有的戰陣中，忒陰毒而最下流的卻是裸女陣。且看一部晚清小說中的描寫：

> 斯時陳隆果然設下計謀，仰雷知縣辦尼姑四十名，妓女四十名，限日解到陣中應用。不一日，知縣辦齊，帶到軍前。陳隆又命軍士掘取古冢棺木、墳泥，又取柳枝、銅鈴各四十。諸事停妥，即點八千軍士，離城五里，向北佈陣。陣有四門，俱用墳土、棺木築成，每門發二千軍士把守，俱戴白盔、穿白甲。每門又用妓婦十名，赤身手執柳枝，見人廝打。又用尼姑十名，手執銅鈴，見人頻搖。那鈴名「攝魂鈴」。（《繡球緣》第二十四回）

你看這個陣勢所用的「人」與「物」，無一不是陰毒可怕的，同時也是無恥下流的。然而，這樣的陣勢居然能取得暫時的勝利。但是，最終還是邪不壓正，正義的一方運用正義的力量或者以毒攻毒的方式還是破解了此陣。但無論如何，古代小說作品中的這種描寫，是極其不「陽光」的，是令人讀後感到不舒服的，甚至是令讀者大倒胃口的。

更令人深思的問題是，像這樣污穢不堪的裸女陣的描寫，在中國古代小說史上絕非突發現象，而是淵源有自。晚清小說的這段描寫，源自明代小說之中：

> 呂軍師又令西夏國黃瓊女，引軍俱執寶劍立於旗下右傍，號為太陰星。凡遇交兵，赤身出陣，手執骷髏，放聲大哭，變作月字凶星。（《楊家府通俗演義》第四卷《椿精變化揭榜》）

> 呂軍師又令西夏國黃瓊女，以所領女兵，手執寶劍，按為太陰
> 星。蕭撻懶率所部，各穿紅袍，按為太陽星。仍令黃瓊女赤身裸
> 體，立於旗下，手執骷髏骨，遇戰大哭，按為月字星之狀。(《北宋
> 志傳》第三十三回)

《北宋志傳》與《楊家府通俗演義》二書，應該是同一源頭的兩部小說，甚
至可以說必有某一部改編另一部。但二書誰先誰後、孰源孰流，學術界尚有
不同意見。據筆者看來，應該是《楊家府通俗演義》在前，《北宋志傳》在
後，理由另撰文闡述。即以上引二書中那兩段描寫而言，也應該是《北宋志
傳》修改整頓《楊家府通俗演義》而成。對此，明眼人應該看得出來，此不
贅言。

　　還是回到最開始的話題，如此陰毒的戰陣為什麼在中國古代小說中一而
再、再而三地出現？

　　這至少可以說明那些小說作者的心理有陰暗的一面。

　　但僅僅是作者心理有陰暗面是不夠的，因為你寫得累死，別人不看也是
枉然，它不可能傳播。沒法傳播，說明沒有市場。沒有市場，下一位小說作者
就不會寫它。須知，明清的通俗小說都是要用來賣錢的，沒有讀者的作品是
賣不出去的，賣不出去的作品要它做什麼。

　　如此說來，是否讀者方面也有心理陰暗的一面？

　　這個問題值得探究。

「淨壇使者」的來龍去脈

《西遊記》最後，佛祖對取經的師徒五眾（不要忘了白龍馬）一一進行相當於授銜儀式的「授職」，當封到豬八戒時是這樣說的：「豬悟能，汝本天河水神，天蓬元帥。為汝蟠桃會上酗酒戲了仙娥，貶汝下界投胎，身如畜類。幸汝記愛人身，在福陵山雲棧洞造孽，喜歸大教，入吾沙門，保聖僧在路，卻又有頑心，色情未泯。因汝挑擔有功，加升汝職正果，做淨壇使者。」（第一百回）

豬八戒聽了，當然有些不太高興，因為他師父和師兄封的都是「佛」呀！為什麼到老豬這裡就變成「使者」了呢？因此，他忍不住大聲嚷道：「他們都成佛，如何把我做個淨壇使者？」

佛祖一聽，這小子不知好歹，我好心給他一個關照，他卻不領情，居然還有意見，搞得豬氣烘烘的。於是，釋迦牟尼就給老豬做了耐心細緻的思想工作，說道：「因汝口壯身慵，食腸寬大。蓋天下四大部洲，瞻仰吾教者甚多，凡諸佛事，教汝淨壇，乃是個有受用的品級，如何不好！」

這裡且不評價佛祖與八戒的之間的意見糾紛，只就「淨壇使者」這個奇特的封號而言，卻是非常有趣的。一般人大概認為，這是《西遊記》作者的創造發明，完全可以申請專利或搞個註冊商標吧。其實，這個稱號對於《西遊記》作者而言，卻大有「盜版」之嫌，至少是半「盜版」。

「盜」的誰呢？元代佚名的雜劇《小尉遲》，且看該劇中的一個片斷：

（淨扮李道宗上，詩云）我做將軍有志分，上陣使條齊眉棍。

別人殺的軍敗了，我在前頭打贏陣。回來走在帳房裏，好酒好肉口賽一頓。本來不醉佯裝醉，則在營裏胡廝混。自家李道宗的便是。

因我立的功多，升我做淨盤將軍。你道因何封我做淨盤將軍？若有
人請我，到的酒席上，且不吃酒，將各樣好下飯，狼餐虎嚥，則一
頓都嗔了，方才吃酒，以此號為淨盤將軍。（第二折）

這位李道宗，按照劇中的描寫，是一位「皇叔」，打仗沒有什麼本領，功勞卻總
是很大，因為他最大的本事就是一貫跟在名將後面「混」。用他自己的話說，就
是「他得了勝，我也得些升賞」。可不，這一次他就是衝著名將尉遲恭去的。

關於李道宗的故事我們且不去說它，這裡只是關注一個小問題：他自我
解嘲說被封了一個「淨盤將軍」。看到這裡，我想，有的讀者一定會啞然失笑，
鬧了半天原來這位皇親李將軍竟然是天蓬豬元帥的師父哩！只不過豬八戒比
李道宗貪吃的銜頭更「酷」些而已。可不是嗎？你淨盤，他淨壇，面積比你
大。你將軍，他使者，級別比你高。你不服不行！不然，怎麼叫做長江後浪推
前浪呢？

但是且慢！長江既有後浪推前浪，就有「後後浪」推後浪。豬八戒不僅
有李道宗這樣的師父，而且還有一個徒弟。說起這徒弟也是大名鼎鼎，他就
是那戰國四公子之一的孟嘗君手下的彈車三俠的牢騷分子馮驩。不過，這裡
我們所展示的並非歷史上的馮驩，而是晚明一部小說作品《前七國孫龐演
義》中的馮驩。且看作者是怎樣調侃這位歷史名人的。

首先交代小說中的故事背景。孫臏與龐涓師兄弟鬥法，龐涓用了慘無人
道的魘鎮之書——「七箭定喉書」，要在七日之內，次第射壞孫臏的雙目、兩
耳、口鼻，最後一天照心一箭，奪取性命。欲破此法，必須一善於飛行之人，
深入龐涓做法之處，將他做法的器物全部銷毀。萬般無奈，孟嘗君只好下令
出榜招賢，破除此法。而揭榜者，正是那位馮驩先生。於是便有了下面這段
馮驩破龐涓妖法的故事。

馮驩領命，向晚出營，到荒郊地上鋪一領斜席坐下，口中念詞，
一手撚訣，一手招風。不多時，起在空中，四下一瞧，看見龐涓花
園，墜雲而下，果見家廟堂邊擺著香案，供著個草人。那草人身上
點著七盞燈，五盞點著的，兩盞吹滅的。桌上擺著一卷書，一張桃
木弓，五枝桃木箭，擺列幾品祭物。馮驩先把祭物吃了，就拔出草
人眼中兩枝箭，仍復點明眼下兩盞燈，遂把那卷書並弓箭草人收拾
一處，點著火燒了。只見孫臏在營裏驀地叫聲：「好了！」兩目依舊
明亮，視物如初了。（《第十六回》）

孫臏是否身體復原，龐涓如何陰謀失敗，以至孫龐鬥智最終結果如何？所有這些，我們都不去管他。上述材料中與本題相關的一句話就是「馮驩先把祭物吃了」，這不是「淨壇」又是什麼？可見，這位馮驩先生雖然是著名歷史人物，但小說家硬是可以顛覆你，就讓你當一回豬八戒的徒弟──淨壇飛俠你又能怎樣？

其實，馮驩也用不著苦惱，因為在再往後的小說作品中，居然有人以「我是個豬八戒淨壇使者」而引以為榮的，而且這人還是一位公子哥兒：

　　媽娘說：「你們成天家想著法鬧，又請什麼客？又是什麼小的大的？我是個豬八戒淨壇使者，豈有不好吃的！好菜好酒，快些拿來，等我狼餐虎咽。」（《風月鑒》第二回）

媽娘公子在與下人（亦即文中所謂「小的」們）調笑的時候，順口就說自己是豬八戒淨壇使者，並且看準的就是他的「好吃」。這種「敞亮豪邁」的表達方式恰恰寫出了大戶人家日常生活的另一面，也使得小說中的故事更加情味盎然。

從李道宗到豬八戒再到馮驩直至那位叫做女孩名字的公子媽娘，可以清楚地看到「淨壇使者」的來龍去脈。然而，事情並不止於此。經過這樣的排列以後，一些有趣的東西就自然而然地凸現出來了。

第一，無論是歷史故事還是神魔故事，也無論是戲劇作品還是小說作品，都可以適當增加一點幽默趣味。甚至可以說，這些作品少了幽默故事還不行。因為它們是為普通百姓服務的，老百姓需要幽默。

第二，既然需要幽默故事，當然同時也就需要表演這些故事的喜劇人物。只有讓這些喜劇人物進行足夠的充滿滑稽意味的表演，作品才有可能具有幽默感。從這一點出發，所有的人物都必須放下架子，服從作者的安排。即便你是皇親國戚、天蓬元帥、歷史名人、大家公子都不能例外。

第三，作者在編造這些幽默故事和滑稽人物的時候，多半是混亂時空的。就拿以上四人來說，你如果一定要去考證他們的歷史真實性、生活真實性，以及他們之間的先後順序，那只能是活見鬼。因為作者本來就是鬧著玩的，你一動真格，就說明你不會「玩」，也不好玩。對於這樣的讀者，作者真是懶得理你！

從這個意義上講，幽默就是一種聰明。

如果你沒有幽默感，你就是最「笨」的人民。

更多的人民是需要幽默的，而幽默也永遠屬於更多的人民。

落水方可超凡脫俗

　　《西遊記》中，當唐僧師徒經歷千辛萬苦，終於到達西天聖地的時候，孫猴子兄弟是可以直達靈山的，惟有師父唐僧乃凡夫俗子，要想取得真經，首先必須脫胎換骨。那麼，唐三藏這一超凡脫俗的過程如何展現呢？作者想到了一個非常合理但又想像豐富的做法——水洗。只有落水，然後方可脫胎換骨。請看：

　　　　長老還自驚疑，行者叉著膊子，往上一推。那師父踏不住腳，轂轆的跌在水裏，早被撐船人一把扯起，站在船上。師父還抖衣服，垛鞋腳，報怨行者。行者卻引沙僧、八戒，牽馬挑擔，也上了船，都立在**舺艎**之上。那佛祖輕輕用力撐開，只見上溜頭泱下一個死屍。長老見了大驚，行者笑道：「師父莫怕。那個原來是你。」八戒也道：「是你，是你！」沙僧拍著手，也道：「是你，是你！」那撐船的打著號子，也說：「那是你！可賀，可賀！」他們三人，也一齊聲相和。撐著船，不一時，穩穩當當的過了凌雲仙渡。三藏才轉身，輕輕的跳上彼岸。（《西遊記》第九十八回）

百回本《西遊記》這一寫法，是否作者的首創，今天已不得而知之。但有一點卻可以肯定，這種寫法在幾種最早的不同的《西遊記》版本系列中都是大同小異的。例如：

　　　　行者挾師父上船，落在船底一過。行者扯起，三藏埋怨。行者道：「師父莫怨，此是佛祖替你脫凡胎。你不信，水上屍骸是誰的？」三藏看見垂淚。船已到岸，行者扶師父上岸，船已不見。三藏於是歡悅。（朱鼎臣《唐三藏西遊釋厄傳》卷十）

　　行者叫八戒、沙僧，同扶師父上船。三藏方才上船落腳，船底一沉。行者慌忙扯起，三藏先且報怨。行者道：「師父莫怨，此是佛祖替你脫凡胎。你不信，下流屍骸是何人也？」三藏舉目一看，正將垂淚，船已到岸。行者忙扶師父上岸已畢，船果不見。三藏於是換脫。（楊致和編《西遊記》第四十回）

以上所引三部明代小說中的這段大同小異的描寫，孰為先後，目今很難判斷。但有一條，宋元時的說經話本《大唐三藏取經詩話》和元雜劇《西遊記》中都沒有這種唐僧落水後方可超凡脫俗的描寫。因而，大致可以斷定，這是明代小說家根據民間傳說進行的藝術創造。

　　更有意味的是，因為這種藝術創造具有相當的「合理」性，故而，又被後世小說作者所效法模仿。作者們似乎形成一個寫作模式：凡夫俗子得道成仙之時，往往要經過「水厄」方可脫胎換骨。聊舉數例：

　　盧儲夫妻二人點頭稽首，道人領到山頭，……即引他二人，又轉到一個去處，只見四面高峰插天，下面一道清溪，有萬丈深險，數里廣闊。這道人不由分說，將柱杖一拂，把他二人都拂了下去。二人落下溪中，就脫了凡世的胞胎，換了輕身的仙骨，就會駕雲履霧，始初從西首山上，落到深溪，他就向東首山上駕風上來。（《二刻醒世恒言·崑崙圍弦續鸞膠》）

　　和靖曰：「爾且過橋來。」癯翁曰：「橋木已經朽壞，怎好立腳？」和靖曰：「爾且行，且勿憂。」癯翁深信和靖，遂放膽走來。將近彼岸，橋木忽斷，將癯翁跌在水中。方惶懼間，覺已立於和靖先生側矣。回視橋下，又有一癯翁浮於水面，不勝驚疑。和靖笑曰：「爾今日方脫凡根，不須疑慮。」（《梅蘭佳話》第三回）

　　那老者怒道：「老夫一團好意，救你餘生，你倒反來怪我。若說要到對岸，斷斷不能！」挹香道：「如此，你也白白的救我。」那老者道：「如此，你依舊下去吧！」說著，將挹香一推。挹香大叫一聲，疑是身入水中，誰知細細一看，依舊在那老者船上。挹香便道：「你為什麼不推我下去？」那老者道：「這澗中不是你麼？」挹香又向澗中一望，見自己果在澗中，十分奇異，忙詰其故。那老者笑道：「這個臭皮囊就是你的本來色相。你此時色相皆空，我方可渡你到彼岸去見仙長了。」挹香大喜。（《青樓夢》第六十回）

「落水方可超凡脫俗」。這樣的描寫，人人都知道不是真的，但人人都願意信以為真。

這就是藝術的魅力、美麗謊言的藝術的魅力。

「靈臺方寸」與「斜月三星」

《西遊記》寫美猴王漂洋過海求仙學道，最終來到了一個地方：

　　見那洞門緊閉，靜悄悄杳無人跡。忽回頭，見崖頭立一石碑，約有三丈餘高，八尺餘闊，上有一行十個大字，乃是「靈臺方寸山，斜月三星洞」。（第一回）

這就是美猴王變成孫悟空的地方，也是孫悟空學成一身武藝的地方，甚至可以說是孫悟空生命的真正起點。

那麼，這「靈臺方寸」「斜月三星」究竟指的什麼呢？人民文學出版社 1980 年版《西遊記》注釋為：「靈臺、方寸——都是『心』的別稱。下文的『斜月三星』，是心字的形狀：斜月像心字的一勾，三星像心字的三點。」

此言不錯，但是否有根據？尤其是有中國古代小說中的描寫做根據？

根據當然是有的，清代擬話本小說《五色石》中就曾經提供。該書第八卷《鳳鸞飛》寫才子佳人之間玩畫謎遊戲，其中寫道：「其破心字謎云：靈臺方寸山，斜月三星洞。變化總無窮，通達是其用。」不僅以前兩句點破了「心」的字形，而且以後兩句闡明了「心」的字義，可謂言簡意賅，數語點破。

然而，還有更精彩的「點破」。

晚清吳趼人小說《新石頭記》的最後，寫一個叫做「老少年」的人（其實是作者的化身），他接受了賈寶玉的通靈寶玉，坐著飛車遊歷，一不小心，將寶玉掉了下去。老少年跟蹤追擊，來到了一座山，「山名靈臺方寸山。走到山凹裏看時，現出一個山洞，洞口上鑿了『斜月三星洞』五個字」。至此時，寶玉沒有尋著，卻在洞前發現了一塊「怪石」，石面上約有一篇十二、三

萬字的絕世奇文。於是，老少年將這篇奇文抄了下來，以白話敷衍之，就成了這篇《新石頭記》。最有意味的是，在這篇奇文的最後，有一首長歌，歌詞的前四句就是解釋「靈臺方寸」與「斜月三星」的。歌曰：「方寸之間兮有臺曰靈，方寸之形兮斜月三星。中有物兮通靈，通靈兮蘊日月之精英。」（第四十回）

這樣，從《西遊記》到《新石頭記》，就形成了通俗小說中「心」的歷程。

「靈臺方寸」，心也；「斜月三星」，亦心也。由此衍生：孫悟空是「心」，賈寶玉也是「心」；通靈寶玉是「心」，日月精英仍然是「心」。

其實，但凡好的小說，又有哪一部不是作者的「心」？其中所寫，又有何處不能點醒讀者的「心」？

「渣藥」和「藥渣」

　　說句不好聽的話，古代的有些藥丸其實都是用某些「渣滓」撮合而成的。這些渣滓有動物身上的，也有植物身上的，當然還有無生命物的合成。治病救人的醫生往往以各種藥物合成藥丸，而有些用心不良的江湖郎中卻用烏七八糟的東西合成假藥誆騙患者以牟取重利。直到今天，這種製造假藥者不僅沒有死絕，而且還此起彼落，與他們的老祖宗相比，大有青出於藍而勝於藍之勢。

　　一般說來，這些假藥吃了以後對患者是極其不利的，嚴重的還會送人性命。但有的時候，某些庸醫居然歪打正著，用非常之藥治好了非常之病。如晚清小說《醫界現形記》，寫一位富家公子得了腹脹之病，很重，許多名醫都束手無策。而同時，在附近的一個地方，卻有一位名叫程荷甫的江湖郎中生意不好，走投無路，到寺院中去躲雨。廟祝可憐他，給了他一些糕點。他吃過以後，在百無聊賴之際，無意間隨手製造了一些「燭垢丸」。旋即，他居然憑著這些污穢的「渣藥」救活了公子的性命。且看這具有諷刺意味的一幕：

　　　荷甫謝了一聲，遂將糕與熱茶吃下。下肚之後，渾身汗垢，愈覺淋漓。因旬日未洗澡，臭垢層疊，一搔一條，正如藥店裏搓成的丸藥條子。雨尚未住，遂在拜墊上坐下，看看臭垢條子倒也不少，將手一撚，撚成一丸。信手撚去，適見燭釬盤堆著許多蠟燭屑，隨手扒下，和臭垢撚成百圓子。當時本出無心，忘其所以，忽然一看，不覺好笑。見拜墊旁有紙一張，取來將燭垢圓子包好，放在身邊袋內，擬等出門時丟之門外。……荷甫遂同封翁到上房診視公子。……至於脈理，荷甫其實本不大精，……尋思既想賺他的錢，

兼說過能醫，須想個法兒才好。忽想到胸前如此挺脹，必有物阻於
膈上，倘能吐出，當前必定見鬆，就可賺他幾千錢了；又想凡百穢
臭之物，入口即吐。摸到袋內，恰好方才一包燭垢丸仍未丟落，正
可取出一用。……當即取一盞百沸湯，將燭垢丸親自與公子吞下。

（第一回）

讀了這段文字，我們應該佩服作者的幽默，以「渣藥」的故事諷刺了當時為
數不少的庸醫。但是，凡對《西遊記》較為熟悉的人一下子就可看出，這種極
其污穢的「渣藥」丸子的發明者絕非程荷甫，而是孫大聖。那是一段多麼幽
默的文章啊！

行者道：「你將大黃取一兩來，碾為細末。」……行者笑道：
「賢弟不知，此藥利痰順氣，蕩肚中凝滯之寒熱。你莫管我。——
你去取一兩巴豆，去殼去膜，捶去油毒，碾為細末來。」……行者
將一個花磁盞子，道：「賢弟莫講，你拿這個盞兒，將鍋臍灰刮半盞
過來。」八戒道：「要怎的？」行者道：「藥內要用。」沙僧道：「小
弟不曾見藥內用鍋灰。」行者道：「鍋灰名為百草霜，能調百病，你
不知道。」那呆子真個刮了半盞，又碾細了。行者又將盞子，遞與
他道：「你再去把我們的馬尿等半盞來。」八戒道：「要他怎的？」
行者道：「要丸藥。」……行者叫八戒取盒兒，揭開蓋子，遞與多
官。多官啟問：「此藥何名？好見王回話。」行者道：「此名『烏金
丹』。」八戒二人，暗中作笑道：「鍋灰拌的，怎麼不是烏金！」（《西
遊記》第六十九回）

從「燭垢丸」到「烏金丹」，這奇妙的「渣藥」在嬉笑怒罵皆為文章的同時，
也提出了一個頗為嚴肅的問題：行醫者的第一要義就是要有辯證思維，只要
對症下藥，牛溲馬溺均可成為妙藥靈丹。正因如此，「燭垢丸」和「烏金丹」
就能治好公子或者國王的疑難重症、那些人參鹿茸都治不好的怪病。

然而，相對於公子與國王的稀奇古怪的「腹病」而言，還有一種更難治
的病——心病。男人和女人分別渴望「另一半」的相思病，尤其是古時候某
些特殊女性的特殊心理疾病——「性饑渴」。

這絕非筆者危言聳聽，有《金瓶梅》中的李瓶兒與偉岸的丈夫西門慶
「品簫」作樂之後的私房話為證：

西門慶醉中戲問婦人：「當初花子虛在時，也和他幹此事不

幹？」婦人道：「他逐日睡生夢死，奴那裡耐煩和他幹這營生！他每日只在外邊胡撞，就來家，奴等閒也不和他沾身。況且，老公公在時，和他在一間房睡著，我還把他罵的狗血噴了頭。好不好對老公公說了，要打倘棍兒。奴與他這般頑耍，可不砢磣殺奴罷了！誰似冤家這般可奴之意。就是醫奴的藥一般。白日黑夜，教奴只是想你。」（第十七回）

然而，在一夫多妻制的時代，李瓶兒真正是百里挑一的幸運，因為他碰到了一個精力極為剩餘的「夸父」，像「藥」一般治好了她的性饑渴。但是，瓦罐不離井上破，將軍終歸陣上亡，好色貪淫的西門慶最後還是死在了女人的身上。這是西門慶罪有應得，我們且不去管他。我們所關注的只是，西門慶這「藥」在醫治了他身邊的那些性饑渴的女人之後，自己豈不是被榨取得乾乾淨淨了嗎？被榨乾的「藥」的殘渣餘孽不就是「藥渣」嗎？

《金瓶梅》中寫到醫治女人性饑渴的「藥」，卻沒有明確寫出「藥渣」。這個任務留給了蘭陵笑笑生以後的小說家。

筆者第一次看到把某種人當成「藥渣」，是在魯迅的《新藥》一文中：

舊書裏有過這麼一個寓言，某朝某帝的時候，宮女們多數生了病，總是醫不好。最後來了一個名醫，開出神方道：壯漢若干名。皇帝沒有法，只得照他辦。若干天之後，自去察看時，宮女們果然個個神采煥發了，卻另有許多瘦得不像人樣的男人，拜服在地上。

皇帝吃了一驚，問這是什麼呢？宮女們囁嚅的答道：是藥渣。（《申報．自由談》1933 年 5 月 7 日）

這樣一個有點兒「黑」的幽默故事，絕對不是魯迅的發明。因為他自己說了，是「舊書裏有過這麼一個寓言」。那麼，這本舊書是哪一部書呢？筆者翻閱了好長時間也未有斬獲。只是在比魯迅早了二百多年的清代初年，有一位名叫林鈍翁的小說批評家在對一本名叫《姑妄言》的小說進行評點的時候，也說了一番與之相近的話：

昔有一笑談。有一國王，一日向寵臣道：「宮中女子盡皆黃瘦憔悴，有何法以治之？」那寵臣道：「大王但任臣醫治，不過百日，自然痊癒。」王喜允。此臣選壯健男子數百入宮中，未及三月，死者過半，而女子個個面上紅光飛舞。此臣請王遊宮，王見諸女大異向日，心中大喜。正贊獎時，忽見一處堆積許多死屍，驚問此臣。他

對道：「藥皆醫治了眾女，這都是藥渣兒。」（第十八卷評語）

林鈍翁的這段話，可能是魯迅那段話的源頭，至少它們是同一個源頭。至於林鈍翁所謂「昔」是何時？又是誰「笑」而「談」之，筆者就不知道了，只好有待於博雅君子。但筆者聊以自慰的是，雖不知這「笑談」之淵源，卻看到了它漾起的文學浪花。林鈍翁之後居然還有人將「藥渣」的故事寫進自己筆下的小說之中。且看：

> 再說無道臺的憲太太，因得了一起不喜近用女僕的怪症，遂立意改良，實行更換男價。但他所換的幾名紀綱之僕，類皆年輕質弱，且大半未受過秘密教育，不到半月之間，都已達腐敗極點，不堪驅策。那日無道臺有個家鄉的農友來見，就請到內簽押房相會。正值憲太太發放那起不中用的家人出來，猶如鬥敗公雞，一個個垂頭鎩羽，打從簽押房門外經過。忽被那老農一眼看見有幾個人臟從面前過去，他就忍不住冒冒失失的向道臺問道：「鄉親大人哪！你們此處，今年並未曾有荒年，怎麼有許多饑民跑到你鄉親大人的內室裏來的呢？我小老倒要請教你鄉親大人，是一件什麼緣故？」無道臺被問，一時沒得什麼回答的話，只好徐徐的應道：「豈有饑民能進我的內室？他們統統是賤內的藥渣子。」（《冷眼觀》第五回）

這位「無道臺」是貨真價實的「無」道臺。在太太面前「無能為力」，只好請人代勞。面對親友的大驚小怪，他的回答尤其「無可奈何」。不過，好在這位道臺大人「無師自通」地引用了那「無比恰切」的典故「藥渣子」來為自己作了「天衣無縫」的自圓其說。但「說」雖「圓」了，他卻真正是「無恥之尤」了。

與林鈍翁引用的那段笑談相比，《冷眼觀》中「藥渣」的格局可是小多了：從皇宮內院「傾瀉」到了官員內室。殊不知大千世界無奇不有，在《姑妄言》和《冷眼觀》之間出現的一部小說《何典》之中，居然也有藥渣的蹤跡，不過，它的商標由「藥渣」改成了「人渣」，而且，生產場地也由深宅大院搬到了深山野外：

> 誰知這個山，名為「撮合山」。山裏有個女怪，叫做羅剎女，住在灣山角絡一間剝衣亭裏，專好吃男子骨髓：時常在山前山後四處八路巡視，遇有男子走過，便將隨身一件寶貝，名為熄火罐頭，拋來罩住：憑他銅頭鐵額的硬漢，都弄得腰癱背折，垂頭喪氣，不能

動彈；由他捉回亭中，把根千丈麻繩打個死結縛住了，厭煩時便來
呼他的骨髓吃。呼乾了將人渣丟落，再去尋一個。不知被他害了多
少男子。(《何典》第十回）

「人渣」「藥渣」，其實一也。但是，這幾個故事的內涵卻是分外複雜而發人
深省的，從不同的角度我們可以得到不同的理解：

　　或曰：這裡體現的是對幽怨婦女的同情。

　　或曰：這裡體現的是對淫蕩妖娃的譴責。

　　或曰：這裡體現的是對蝦鱔男兒的嘲諷。

　　或曰：這裡體現的是對烏龜王八的唾棄。

　　但筆者將「渣藥」和「藥渣」聯繫在一起考察以後，則更重視下一個
「或曰」：

　　不僅醫生看病要懂得辯證法，患者在沒有「患」的時候，也要懂得生活
的辯證法。聖人不是早就說過「過猶不及」的話嗎？駿馬得有韁繩，快意得
有節制。否則，即便是「夸父」也會成為「藥渣」的。

保貞操的「針衣」

兒時見過刺蝟，被它那一身鋒利的刺所震懾。稍大以後從相關畫面上看過豪豬，感覺它那一身硬刺也是厲害非常。再大一點下鄉當「知青」，雨天穿上蓑衣栽田的時候，便很有點刺蝟和豪豬的感覺。感到可以抵擋外物，大有神聖不可侵犯的快意。當然，這快意很快就消失了，因為蓑衣抵擋的充其量也就是雨絲風片而已，而不是真正的敵人的進攻。

當然，以上都是作為男性的一種感受。在孩童時代是做夢也不會想到如果一個女人在有可能遭到性侵害的時候，是否有刺蝟、豪豬的鋒利的刺保護自己，至少，是否有一身蓑衣保護自己的貞操潔白。長大以後，讀了一些中國古代的作品，包括烈女的傳記和小說中的描寫，發現貞烈女子抵禦異性凌辱的慣常對策只有兩個：一是以死相拼，拿著剪刀之類的銳器威懾登徒子；一是全身綁滿了布帛或者將內衣縫得密不透風，讓侵害者無法得逞。當時就覺得這樣的做法並不能從根本上解決問題，因為揮舞著剪刀充其量只能對付一時，如果碰上真正強悍的登徒子，甚至連一時半會都拖不過去。至於用布帛或衣服作為反侵害的屏障，那更有點自欺欺人、如同兒戲了。當時就想，是否有一種真正行之有效的辦法能幫助那些即將遭受性侵害的女性「防暴抗暴」呢？思來想去，這種「防暴服」在現實生活中還真難找到，於是，感到頗有些沮喪。突然間，想到在幻想的神話世界中不是已經有了這種保護女性貞操的防暴服——「針衣」嗎？

對的，真有這種東西，大家熟悉的《西遊記》中就有。該書寫到朱紫國王的金聖宮娘娘被妖精抓去以後，就有神仙及時送上了這樣的「針衣」為之確保貞操。且看行者與小妖的對話中告訴我們的這方面的信息：

行者接口問道：「朱紫國那話兒，可曾與大王配合哩？」小妖道：「自前年攝得來，當時就有一個神仙，送一件五彩仙衣與金聖宮妝新。他自穿了那衣，就渾身上下都生了針刺，我大王摸也不敢摸他一摸。但挽著些兒，手心就痛，不知是甚緣故，自始至今，尚未沾身。」（第七十回）

《西遊記》裏所保護的是王后的貞操，這當然是給朱紫國王很大的面子。不然的話，國王的老婆被妖精玷污了，豈不讓朱紫國的許許多多國民蒙受恥辱？就連相當一部分讀者都感覺到非常難受。當然，像王后這種已婚女子需要保護貞操，而那些未婚的女子的貞操就更是需要保護了，尤其是作為長輩對與己相關的晚輩女性的貞操問題更是格外重視。晚清有一部小說中的一位仙師就是這樣關心其徒弟化身的公主的：

仙師道：「凡事皆由天定，豈能人力挽回？你可知你的前世，本是貧道座下的大弟子。……貧道今日見你雖肯為國解紛，卻不願失身於齷齪之徒，志節甚是可嘉，不愧為貧道弟子。故此著人召你到來，賜你仙衣一襲，以免身遭玷污，盡一點師生之情。」說畢，便命一個女童進去取出仙衣一件授與她道：「此衣名為如意護體仙衣，用三十六支金針、七十二支銀針合成天罡地煞之數，在丹爐中煉成。此衣穿在身上，上下均有遮蔽，若動一毫邪念，此針便自豎起，鋒利無比，不論何人近身，便要被針刺傷。所以此衣足可以保全節操，今日賜你非同小可。至你脫離苦海之日，貧道即自來收取。此刻你且去吧。」公主拜謝。（《蜃樓外史》第二十七回）

這裡，保護公主的同樣是「針衣」，而且，比《西遊記》的描寫更為細膩深入更有意味的是，這件「針衣」除了抗暴意義之外，似乎還有點要求被保護者「自律」的意思。難道沒有看見「此衣穿在身上，上下均有遮蔽，若動一毫邪念，此針便自豎起，鋒利無比」的交代嗎？「若動一毫邪念」的主體是誰？是登徒子還是被保護的女性？書裏含含糊糊，筆者認為是二者兼而有之。如果是這樣的話，這段描寫就比《西遊記》中的那段描寫更有意義，因為它提出一個問題：真正的保護貞操，有主觀和客觀兩個方面。

對於女性而言，主觀上的保護貞操就是自尊、自愛、自重，客觀上的保護貞操才是抗暴。當然，《蜃樓外史》中的描寫是相對於封建時代的公主而言的，但這種描寫對我們今天的現實生活同樣具有啟示作用。

　　對於女性的貞操問題，歷來爭論很大。過分地強調貞操，則會造成很多婚姻愛情的悲劇。中國古代文學作品中，這方面的例子實在太多。但如果完全無視女性的貞操觀念，社會將會失去基本道德底線。

　　怎樣對待這一矛盾現象？或許可以確定一個大致的取捨標準：

　　為了愛情而獻出貞操是可歌可泣的，為了金錢而出賣貞操則是可憐可鄙的。

從「養眼」與「噁心」談起

　　「詞語」這個東西，往往是隨著社會發展而發展的。但是，在其發展演變過程中，往往也會出現「以舊當新」的現象。有些詞彙，在古代中國的典籍或口語中早已出現過，中間有一段時間不見於記載，後來又被人們撿起來用。於是，就造成某些人的一種錯覺，認為是一個新的詞彙出現了。其實，這不過是一種「照舊」現象。這裡，以「養眼」與「噁心」這兩個詞彙為例談談此問題。

　　近來，常聽一些人使用「養眼」一詞，意謂看到好的東西感到很舒服的意思。其實，這個詞語早在一百多年前的晚清就曾經被人們使用。請看小說作品中的例證：

> 伯惠道：「洋房不都是這個樣子，這個不過是就地方起造的罷了。然而依我看來，總還是洋房的好。別的不說，這一層平頂先好。中國房子，抬起頭來，看見梁子、椽子，多不養眼。」(《新石頭記》第八回)

此處所引吳趼人小說中這種人物語言，當然應該屬於白話口語。但如果認真地進一步追究，「養眼」一詞的文言文表達方式則為「養目」。這種用法在古代典籍中出現得更多、更早。例如：

　　《荀子‧禮論》：「雕琢刻鏤，黼黻文章，所以養目也。」

　　《呂氏春秋‧孝行》：「樹五色，施五采，列文章，養目之道也。」高誘注：「青與赤，謂之文；赤與白，謂之章。以極目觀，故曰養目之道也。」

　　以上二處所引之「養目」，與《新石頭記》及今天口語中所用之「養眼」的意義是一致的，即：滿足眼睛觀察欣賞美好事物的需要。

　　然而，「養目」還有一個意義：調養視覺，休養目力。這種用法在中國古代小說中也有表現，且看：

　　　　十三妹道：「一則看看你二人的心思；二則試試你二人的膽量；三則咱們今日這樁公案，情節過繁，話白過多，萬一日後有人編起書來，這回書找不著個結扣，回兒太長。因此我方才說完了話，便站起來要走，作個收場，好讓那作書的藉此歇歇筆墨，讀書的藉此休養目力。你們聽聽，有理無理？」（《兒女英雄傳》第九回）

可見，「養眼」（或曰「養目」）的兩個用法，在我們的老祖宗的口頭、筆下早已運用多多了。

　　說罷「養眼」，再看「噁心」。

　　「噁心」一詞，就筆者個人的記憶，在上一世紀七、八十年代就已經甚為流行，今天仍然盛用不衰。然而，這個詞語較之「養眼」更加源遠流長，含義也更加紛繁複雜。其基本含義有二，並且在中國古代的白話口語中有所體現。縷述如下：

　　第一個用法是「想要嘔吐的感覺」。如：

　　　　但聞著葷酒氣兒，就頭疼噁心。（馮惟敏《僧尼共犯》第二折）

　　　　八戒道：「藏便藏得好。只是濺起些水來，污了衣服，有些醃醃臭氣，你休噁心。」（《西遊記》第四十四回）

　　　　依舊包了，遞與阿曉道：「我噁心，吃不下，還你去罷。」（《禪真後史》第十六回）

　　　　這天雯青銜門回來，正要歇中覺，忽覺一陣頭暈噁心。（《孽海花》第二十回）

　　第二個用法是形容「使人感到討厭或者難受」。如：

　　　　卜信道：「不要噁心！我家也不希罕這樣老爺！」（《儒林外史》第二十二回）

　　　　史湘雲道：「好哥哥，你不必說話教我噁心。只會在我們跟前說話，見了你林妹妹，又不知怎麼了。」（《紅樓夢》第三十二回）

　　　　盛希僑一聲喝住戲子道：「退頭貨，進去罷，休惹人家噁心。這些話，嚇馬牌子罷，休掃我這傻公子的高興。」（《歧路燈》第七

十九回）

> 自從到了這裡，所見的無非是幾個掮客，說出話來，無非是肉麻到入骨的恭維話，聽了就要噁心。（《二十年目睹之怪現狀》第八十五回）

非常明顯，今天一般人最常用的「噁心」一詞，主要是上述第二個意思，即令人感到很討厭、很難受的言語和行為。當然，相對於前面一個含義而言，第二個含義應該是後出現的。

其實，被人們「以舊當新」的絕非僅止於上述「養眼」與「噁心」這兩個詞語。有一些文藝作品，當它的作者將某一部幾十年乃至幾百年前的「舊作」翻新以後，往往會迎來一片不明底裏的讀者或觀眾的讚揚歡呼之聲，而某些「文化人」甚至發表文章有意無意地對這些所謂新的東西進行吹噓追捧。如，上一世紀有一個劇本《西施》，其實就是按照明代梁辰魚《浣紗記》改編的，結果被人狠吹了一陣。還有一個電視連續劇《新白娘子傳奇》，其實就與清代嘉慶十一年的章回小說《雷峰塔奇傳》極其相似，卻也讓某些人歎以為新奇而刮目相看。還有就是筆者所在地某劇團一名年輕演員演了一個折子戲「林沖夜奔」，唱的是聯套「曲牌」，竟然被某些評委認作是極大的創新。而筆者當時就告訴那位評委：這其實就是改編自明代李開先的《寶劍記》，從曲牌到唱詞都是差不多的。結果是，此言一出，全體愕然。

造成以上這些狀況的根本原因就是沒有讀書，尤其是沒有攻讀原著。

沒有攻讀原著倒也罷了，還喜歡人云亦云地跟著起哄。

跟著起哄倒也罷了，還自欺欺人地認為自己是先鋒，別人是滯後。

如今，這種自欺欺人的表現已經由文藝鑒賞界進入學術研究領域。

沒有老老實實地將某一本著作從第一個字讀到最後一個字，卻能寫出對這部作品的「前衛」的評論，而字數卻是原著的兩倍、三倍直至 N 倍。

沒有讀三兩部某種體裁的作品集，卻能寫出某某文學體裁的「概論」「通論」「史論」。

結果呢？學術的貶值比貨幣的貶值還要突飛猛進。

這才是最可怕的。

酷刑・非刑

　　封建時代的官府對犯罪嫌疑人使用酷刑的事時有發生，而有些惟我獨尊的統治者更是用超乎尋常的酷刑對付那些看不順眼的臣民。在漫長的歷史長河中，這樣的例子可謂不勝枚舉。這裡僅舉數例，作管豹之窺。

　　　　百姓怨望而諸侯有畔者，於是紂乃重刑辟，有炮烙之法。（《史記》卷三《殷本紀》）

　　　　俊臣每鞫囚，無問輕重，多以醋灌鼻禁地牢中，或盛之於甕，以火圍繞炙之。兼絕其糧餉，至有抽衣絮以噉之者。其所作大枷，凡有十號：一曰定百脈，二曰喘不得，三曰突地吼，四曰著即承，五曰失魂膽，六曰實同反，七曰反是實，八曰死豬愁，九曰求即死，十曰求破家。（《舊唐書》卷五十《刑法志》）

　　　　儼上疏曰：「……濫刑之興，近聞數等，蓋緣外地不守通規。或以長釘貫人手足，或以短刀鱭人肌膚，遷延信宿不令就死。」（《宋史》卷二百六十三《竇儼傳》）

以上三則資料，朝代不同，用酷刑者的身份也不同，但有一點卻是相同的，那些酷刑真正令人恐怖。唐代酷吏來俊臣與宋代地方官府的做法非常明確，一看就知道他們是怎樣在殘害著他們的同類——人類。這裡需要進一步探究的是商紂王採用的酷刑炮烙究竟是怎麼回事？雖然《史記》中的記載比較「原則」，但在明代通俗小說《封神演義》中卻對這種酷刑有非常詳細的描寫，而且指明這種酷刑的發明者是商紂王的寵姬妲己。

　　　　妲己曰：「此刑約高二丈，圓八尺，上、中、下用三火門，將銅

造成，如銅柱一般；裏邊用炭火燒紅。卻將妖言惑眾、利口侮君、
不尊法度、無事妄生諫章、與諸般違法者，跣剝官服，將鐵索纏身，
裏圍銅柱之上，只炮烙四肢筋骨，不須臾，煙盡骨消，盡成灰燼。
此刑名曰『炮烙』。」（第六回）

其實，這種酷刑已經有了「非刑」的意味。而所謂「非刑」也者，依筆者的理
解，就是非正規、非常規的酷刑，是某些酷吏暴君擁有「發明專利」的酷刑。
在中國古代小說中，不僅寫了暴君商紂王所用的非刑，還有令商紂王看了都
瞠目結舌、自歎不如的非刑。我們先看清末小說提供的一個小小的例子，當
一位縣令對一位被冤枉而又有些武功的硬漢子使用了打板子、上夾棍等一般
性的刑法而不能奏效之後，他的非刑上場了：

知縣道：「這廝很有點子工夫，這種扶胃健脾的刑罰，哪裏配他
胃口。左右，快生起火盆來，請這廝享受滿天星滋味。」這滿天星
是最屬害最殘酷的一種私刑，任你銅皮鐵骨的英雄，一見了也要魂
飛魄散。是用一盆很旺很旺炭火，燒著幾千個銅錢，燒得紅透，把
犯人剝精赤了身子，卻把紅透的銅錢用鉗鉗著，茧茧的直燙。當下
這瘟知縣用滿天星私刑，把柳英雄燙得個皮開肉爛，焦臭異常，昏
過去了好幾回。（《十尾龜》第八回）

此處講得很清楚，瘟知縣用的是「私刑」，也就是一種非正規非常規的酷刑。
看到這種酷刑，足以令人髮指了。但是且慢，早在這位瘟知縣的前面，已經
有了千古第一權閹魏忠賢發明的堪稱集大成的成序列的「組團」酷刑——
大五花。請看一篇擬話本小說中所描寫的戲場上的殘酷至極的九千歲及其
非刑：

魏監出場，分付大小官員要用非刑「大五花」酷拷楊、左、
周、魏等官，不怕他不招贓認罪。那五件：黃龍三轉身，是銅蛇繞
體，灌以滾油；善財拜觀音，是捆住雙手，以滾瀝青澆潑手上；敲
斷玉釵，是鐵錘錘去牙齒，使其含糊難辯；相思線，是鋒快鐵索，
穿過琵琶骨；一刀齊，是鋼利闊鑿，鑿去五個足趾。（《生綃剪》第
七回）

看了魏忠賢給諸多正直知識分子所用的非刑，已經讓人渾身顫抖了——恐怖
與憤怒的雙重顫抖。然而，應了那句老話，長江後浪推前浪，在此後的小說
作品中居然還出現了更「非」的「刑」，甚至是有些無聊、無恥的非刑。更令

人側目的是，這些非刑的使用者居然是前代循吏清官「變成」的青天大老爺形象。

> 包公勸導說：「你招了吧！」小繼說：「太爺在上，叫小的招出甚麼來？」包公望小繼說：「頗會熬刑！」即吩咐取豬鬃來，將他褲子去的了。包公說：「當初因這件事起，今日仍從這件事無。」眾衙役將豬鬃撞至龜頭，可憐一撞，鮮血淋淋，他竟仍然不招。（《清風閘》第三十二回）

將豬鬃插進男人的生殖器，並且還要撞動。這還把人當人嗎？這樣做的人他還是人嗎？但它確確實實是一個當官的人、當清官的人命令別人去如此這般地對付那犯罪嫌疑人的。如果我們僅僅將這種行為理解為男人之間的非刑，那還只是停留在此刑「酷」或「非」的地步。更令人目瞪口呆的是，小說中的清官們居然將這種慘無人道的非刑用之於女子：

> 包公說：「好一個熬刑潑婦！」吩咐取豬鬃，將他兩乳撞進去，可憐撞進，鮮血淋淋往外直冒，如此非刑，他仍然不招。他說：「太爺，小潑婦謀死親夫，如何據對？」旁邊走過皮孫氏來，強氏一見，唬得魂飛楚岫三千里，魄繞巫山十二峰。不由的口內言語支吾：「小婦人願招，求太爺鬆刑！」執堂的將豬鬃拔出，強氏哎呀一聲。（《清風閘》第三十二回）

> 林公大怒，道：「若再不招，本院就要動非刑了，看你招也不招。」崔氏道：「寧可身死，冤枉難招！」林公聽了大怒，吩咐差人把豬鬃插入乳孔內。崔氏大叫一聲，好似一把繡花針兒栽在心裏，即時死去。林公叫取井水噴面，半晌方才哼聲不絕。林公問道：「招是不招？」崔氏把頭搖了兩搖。大人大怒，道：「潑婦如此可惡，金針現在頭頂取出，這般熬刑。」吩咐：「將豬鬃與我撚他幾撚。」眾役答應，走來將豬鬃一撚。崔氏昏死過去。半會兒醒來，褲襠裏尿都流出許多，歎了一口氣，道：「崔氏今日遇了對頭了。」林公問道：「招是不招？」崔氏不言。林公大怒，道：「與我快些撚！」崔氏唬得魂不附體，叫道：「大老爺休撚，待小婦人招了罷。」林公道：「速速招來。」崔氏道：「求大老爺開恩，拔出豬鬃，待我招來。」（《五美緣》第七十回）

包公也罷，林公也罷，他們都是作品中的清官。清官對女子用此非刑，僅僅

是體現官法如爐嗎？僅僅是體現那些淫婦罪有應得嗎？不是！這裡面似乎有點其他的東西。

那是一種男性世界對女性「全身心」的賤視、玩弄的心理。

一定要將那些女人、尤其是有過錯的「尤物」玩弄到極點，甚至在對她們用刑的時候，也要有一點「性」虐待。

如果哪位讀者認為筆者的說法有些主觀臆斷的話，我不妨拿出一點材料來證明我的觀點。

一條材料是《五美緣》中的崔氏在尚未受到非刑之前的一段：

> 林公又叫左右把那淫婦衣服剝去，兩膀背前綁了。從役一聲答應，將崔氏一綁，露出兩個白奶子，令人可笑，眾役皆笑。（同上）

不知堂上的林公看了沒有，笑了沒有，反正在場的衙役都笑了，林公至少沒有制止。

犯罪的女人的白奶子有什麼好笑的？

然而大家都笑了，作者應該也笑了。

或許有人會說，大堂之上，對犯婦用刑，勢必要脫掉衣服，勢必要露出性標誌，大家笑一笑又有什麼關係呢？須知，作者這樣寫也是不得已。

作者這樣寫真是「不得已」嗎？非也！當時的制度其實規定了官長在用非刑拷打女性的時候他自己是不能親自看到女人的性標誌的。且看晚清小說《于公案》（六回本）對這方面的描寫：

> 青衣喊堂，遂將悍婦、惡子拉至臺下，按倒在地，扯去中衣，把那三簷藍傘撐開。遮蔽官府的眼目。列公，衙門的規矩，有一定例，娼妓挨打不脫中衣，皆因是無恥婦人，不足羞辱。若是良家，脫中衣所為羞辱犯婦，儆戒閨閫。（第三回）

原來如此！原來「大人」是不能看「犯婦」的屁股的；原來脫中衣挨扳子是一種表示犯婦出身良家婦女的資格，但同時又是一種警戒羞辱；原來妓女是根本不用脫中衣挨打的，因為她們的性標誌已經是公開的秘密，她們已經沒有羞恥感了，所以無須警戒羞辱。但無論如何，按照規定，「官員」不能看那些下流的東西，更不能「笑」。但有些作者偏偏寫了這種「看」，這種「笑」，這說明了什麼？只能說明作者的無聊甚或下流。更有甚者，就是在完全沒有進行如此下流描寫之必要的前提下，有的作者還是「下流」了。我們且看兩個例子。

　　一篇作品是《熱血痕》，書中的豪門公子諸倫弄到了一個漂亮女子衛茜，不料卻引起他九姨太的妒恨，於是，這位狠毒的女子設計冤枉那可憐的女子偷盜了八姨太的寶貝，結果是導致了八姨太媚春對衛茜的一頓毒打：

> 　　馬婆喝令衛茜跪下，媚春連聲叫取家法，一時各樣取齊，擺滿一地。媚春又喝令馬婆把衛茜的上下衣服全行剝下，馬婆剝了下來，只剩一條單褲。諸倫一見衛茜渾身雪白，又愛又苦。（第二十三回）

當一個弱女子遭受毒刑拷打的時候，書中的公子哥兒竟然會產生複雜的心理，看到她「渾身雪白，又愛又苦。」而作者也真會忙裏偷閒，居然寫下了這沖淡中心情節的一剎那。

　　如果說《熱血痕》中的這段描寫還是借書中人物的眼光和心理來表現作者心中的「那個」，雖然趣味有些低級但卻並不那麼直截了當的話，那麼，另一篇名叫《金雲翹傳》的作品中的一段描寫可就毫不掩飾地表達了作者心理的「下流」。當該書的女主人公王翠翹被擄掠到「情敵」吏部天官宦小姐家中當了丫鬟的時候，「見面禮」當然是一頓毒打。令人注目的是，這頓毒打的前奏曲卻有些「異味」：

> 　　兩邊丫頭應了一聲，趕到翠翹身邊，拖翻在地。拿手的拿手，拿腳的拿腳，扯褲的扯褲，脫開來。大紅褲子映著瑩白的皮膚，真是可愛。（第十四回）

人家正面臨毒打，而我們的作者卻在欣賞女主人公屁股的可愛。這樣的作者，我們還能說他什麼呢？

　　且慢！我們也不要忙著指責那幾個無聊的文人作者。這種描寫之所以能存在，是因為它有市場。而這市場，不是包含了很多人嗎？

　　不要笑那些笑女人隱私的男人，這其實是我們民族大男子漢們一種集體無意識的猥瑣、無聊和低級趣味。

小說・唱詞・無聲戲

眾所周知，唱詞是戲曲必不可少的重要組成部分，但如果說到小說中也有唱詞，那可就有點讓人難以置信了。

其實，含有唱詞的小說作品還真不少，因為在某些小說作家看來，小說就是「紙上春臺」演出的「無聲戲」。

對這一問題解釋最為到位的是湖上笠翁李漁，他曾把自己的第一部小說集命名為《無聲戲》（後脫胎為《連城璧》），而在另一部小說集《十二樓》中的《拂雲樓》第四回結末，他又一次提醒讀者：「各洗尊眸，看演這齣『無聲戲』。」在李漁看來，小說乃無聲之戲曲，小說與戲曲的藝術特點有許多相通之處，因此，在小說創作過程中，完全可以借鑒戲曲寫作的一些技法。李漁自己正是這樣做的。

然而，李漁的口號雖然響亮，但卻不是「無聲戲」的最早實踐者。早於李漁的馮夢龍所編撰的《警世通言》卷二十四《玉堂春落難逢夫》就已經具有十分明顯的戲曲因素：首先，情節結構，雙線並舉，交叉進行，與明代傳奇戲常用的結構方式十分相像。其次，場面描寫，以人物對話為主，酷似劇本中的對白。第三，人物言行，太多唱念科諢的痕跡，使人自然聯想到舞臺演出。

尤其是第三點中的「唱」，更具戲曲特色。且看玉堂春罵街一段：「你這亡八是喂不飽的狗，鴇子是填不滿的坑。不肯思量做生理，只是排局騙別人。奉承盡是天羅網，說話皆是陷人坑。只圖你家長旺，那管他人貧不貧！八百好錢買了我，與你掙了多少銀。我父叫做周彥亨，大同城裏有名人。買良為賤該甚罪，興販人口問充軍。哄誘良家子弟猶自可，圖財殺命罪非輕！你一

家萬分無天理，我且說你兩三分。」

戲曲創作以唱詞為主，是明清時期戲曲作家的共識，而在小說創作過程中，根本不存在為書中人物撰寫「唱詞」的問題。然而，《玉堂春落難逢夫》卻給我們留下了唱詞的痕跡。玉堂春罵街，罵得有條有理，且兩句一韻，一韻到底。如此「罵街」，不像戲曲中的唱詞，又像什麼？

那麼，何以作為訴諸視覺的小說作品要帶有訴諸聽覺的戲曲藝術的唱詞呢？要弄明白這一點，我必須先弄清楚另一個問題：中國古代的通俗小說都是由說書場中的講唱藝術演變過來的，它們與戲曲藝術是同時生並肩長的一根青藤上的葫蘆兄弟。最早的通俗小說就叫話本，元代以後，長篇的講史話本、說經話本演變為章回小說，短篇的小說話本演變為擬話本。「三言」一百二十篇作品，就包含了宋元明三個時代的小說話本和擬話本。它中間帶有「唱詞」形式不足為怪。同樣的道理，長篇的通俗小說在演變成章回小說的時候，也會帶有「演唱」的痕跡，也會有些唱詞存在於其間，而且，最早的長篇通俗小說往往就叫做「詩話」「詞話」之類。其中的「詩」或「詞」的部分，就保留著分明的「唱」的痕跡。《金瓶梅詞話》就是這方面的典型代表，其中蘊含的「唱詞」特多，僅舉兩首為例：

> 西門慶心中越怒起來，指著罵道，有《滿庭芳》為證：「虔婆你不良，迎新送舊，靠色為娼。巧言詞將咱誆，說短論長。我在你家使勾有黃金千兩。怎禁賣狗懸羊。我罵你句真伎倆，媚人狐黨，衒一片假心腸。」虔婆亦答道：「官人聽知，你若不來，我接下別的。一家兒指望他為活計，吃飯穿衣，全憑他供柴糴米。沒來由暴叫如雷，你怪俺全無意，不思量自己，不是你憑媒娶的妻！」（第二十回）

這裡，西門慶與虔婆的對話，與戲臺上的對唱幾無區別，這就是「唱」的因素在訴諸視覺的小說作品中的遺留。其實，不僅上述所舉明代小說作品如此，一直到清代，甚至到清末，這種小說作品中出現「唱詞」的例子還不絕如縷。聊舉二例為證：

> 桃花女聞言便說道：「無陰無陽不到頭，莫道行善反無後。無兒日後卻有兒，大數來時白日飛！雙跨木雲朝玉闕，子午甲戌是了期。絲毫不爽天地數，桃園久已待孤椿。方顯人間行善樂！」（《陰陽鬥》第十二回）

二人問此女年庚幾何？人才如何？售銀多少？孫惠說：「此女今年一十三歲，若說人才，無人可比。正是：若論這女子，世上一等人。三國貂嬋女，那卻是耳聞。越中西施女，誰可見得真。若說是仙姬，怎能到此村。若說此女實是世上罕見，這一帶的莊村算數他是第一女子。不是我誇講他俊俏，真乃天上少有，地上缺無。不信隨我前去，當面一相，必然相中。那時相中了再講身價。」言罷一同出店。（《孝感天》第二回）

上一例是桃花女出嫁周公家之前對父母的安慰，當然是預言式的安慰，因為這些話後來都變成了事實。下一例是一個媒人為了騙賣人家女兒向買方的誇耀性的陳述，當然那誇耀也是有一定事實做基礎的，而且最終那好女兒也有個好結局。但無論如何，這兩處不同的人物語言都是通過唱詞來實現的。

如果說，上述二例尚屬於比較罕見的個案的話，那麼，在晚清擬話本小說《躋春臺》中，這種「唱詞」式的文字則可謂比比皆是。獨白用之，對話用之，心理描寫用之，場面描寫用之，甚至還可以用來夾敘夾議且夾雜對話。不信請看：

士貴大怒曰：「你養的好女，做的好事，這樣敗家婆，我定要把你休了！」金氏曰：「慢些，陪你公堂去講。」二人鬧個不得開交，淑英聽得慌忙出閨，勸解道：「奴在閨中正清淨，忽聽堂前鬧昏昏。耳貼壁間仔細聽，原來為的奴婚姻。不顧羞恥升堂問，爹媽為何怒生嗔。」「就為我兒姻親，與你媽鬧嘴，不怕憂死人喲！」「聞言雙膝來跪定，爹爹聽兒說分明。」「我兒有話儘管說來，何必跪倒。」

（卷一《雙金釧》）

這樣的小說，難道還不是「無聲戲」嗎？

身份下賤而性氣高傲的春梅及其同調

　　《金瓶梅》中的第三號女主角龐春梅實在是個人物，她身為下賤而性氣高傲。即便與她的主子「五娘」相比，她也更倔強一些，有志氣一些，甚至有時還帶有一點傲視、睥睨一切的意味。潘金蓮雖然當過姨太太，但為人處事更像一個卑賤的奴婢；而龐春梅即便是在當丫鬟的時候，也具有夫人的氣質。總之是潘金蓮小氣，龐春梅大氣。最典型的例證有兩處，一次是西門慶死後，潘金蓮、龐春梅二人與陳敬濟的姦情被吳月娘識破，龐春梅被賣離開西門家時的表現：「這春梅跟定薛嫂，頭也不回，揚長決裂，出門去了。」（第八十五回）另一次是當龐春梅成為周守備的夫人以後重遊西門慶家舊池館的時候，所表現的那一種大度，更是一般人所不能達到的。這段文字太長，不便引錄，讀者可參看《金瓶梅》第九十六回的前半部分。

　　然而，更能體現龐春梅身為下賤而性氣高傲的則是她對李銘的怒斥。書中寫西門慶「教李嬌兒兄弟樂工李銘來家，教演習，學彈唱。春梅琵琶、玉簫學箏，迎春學弦子，蘭香學胡琴」。（第二十回）不料，李銘在手把手教春梅學琵琶時，「下手」重了點，卻遭到春梅一頓劈頭蓋臉的臭罵。我們不妨來聆聽一下這位傲氣十足的丫鬟的怒罵聲：

　　　　李銘也有酒了，春梅袖口子寬，把手兜住了，李銘把他手拿起，略按重了些，被春梅怪叫起來，罵道：「好賊忘八！你怎的撚我的手調戲我？賊少死的忘八，你還不知道我是誰哩！一日好酒好肉，越發養活的你這忘八靈聖兒出來了，平白撚我的手來了！賊忘八，你錯下這個鍬撅了！你問聲兒去，我手裏你來弄鬼？爹來家等我說了，把你這賊忘八一條棍撞的離門離戶，沒你這忘八，學不成

唱了？愁本司三院尋不出忘八來！搣臭了你這忘八了！」被他千忘

八，萬忘八，罵的李銘拿著衣服往外走不迭。（第二十二回）

像龐春梅這樣高傲的丫鬟在中國小說史上殊為罕見，然而，世界上的萬事萬

物往往都是「道生一，一生二」的。只要有了第一，就會接二連三。龐春梅以

後，果然在一篇擬話本小說中又出現了另一位稟性高傲的丫鬟：

> 杭州有偉兀氏，也是蒙古人，住於城東，其妻忽術娘子。忽術
> 娘子身邊有個義女，名為朵那女。朵那女到了十三歲，忽術娘子見
> 這朵那女有些氣性，不比尋常這些齷齪不長進的丫環，忽術娘子遂
> 另眼相看。丈夫偉兀郎君有個小廝叫做剝伶兒。這剝伶兒年十六
> 歲，生得如美婦人一般。偉兀郎君見剝伶兒生得標緻，遂為龍陽之
> 寵，與他在書房裏同眠睡起。……且說這朵那女漸漸長至一十六
> 歲，生得如花似玉，容貌非凡。這剝伶兒見朵那女生得標緻，遂起
> 姦淫之心，幾番將言語勾引朵那女。朵那女使著刮霜一副臉皮，再
> 也不睬。剝伶兒在灶邊撞著了，要強姦朵那女。朵那女大怒，劈
> 頭劈臉打將過去道：「你這該死的賊囚，瞎了眼，俺可是與你一類之
> 人？瓜皮搭柳樹，你做了春夢，錯走了道兒。」千賊囚，萬賊囚，
> 直罵到忽術娘子面前。（《西湖二集》第十九卷）

這位朵那女與龐春梅有許多相似之處：首先，她們都是丫鬟，但又都不是一

般的丫鬟。一個是暴發戶商人西門慶的通房大丫鬟，亦即被主子「收用」過

的丫鬟，相當於沒有正名分的小妾。另一位則是女主人的義女，而且被主人

另眼相看。其次，她們都心高氣傲，對於自己的同類——其他奴僕或倡優皁

隸之徒有著天然的瞧不起。第三，從第二點出發而得出的極為重要的第三點，

她們因為瞧不起同儕之輩，因此，絕不允許與自己身份相近的異性靠近自己。

這就產生了龐春梅的怒斥優工李銘以及朵那女從龐春梅那兒學過去的怒斥男

主人的「男寵」剝伶兒的兩幕鬧劇。

那麼，這樣兩段描寫告訴我們一些什麼「文學」的和「文化」的信息

呢？

第一，當時社會中的樂工、也就是我們今天尊稱為「音樂家」的人社會

地位極其低下，他們大致在高級丫鬟之下，基本與男妓同列。

第二，奴才出身的人，一旦有可能超出其他奴才之上，可能成為主子甚

或半個主子，他們（她們）的自尊心將比真正的主子還強，他們（她們）的等

級觀念也比真正意義上的主子更為濃厚。

　　第三，龐春梅和朵那女這兩個人物形象都是生動的，而她們之所以生動的前提正源於她們地位的特殊和心理的特別。

　　第四，這種地位特殊而心理特別女性形象的成功塑造，說明小說作者們對社會生活觀察的細緻和深入。而這種人物形象相互之間的傳承影響，更說明了中國古代小說史的不斷進步。

　　第五，這種文學創作的「進步」其實又是一種非常可悲的進步。我們的小說作家一而再、再而三地表彰從龐春梅到朵那女這種「奴才」瞧不起「奴才」的人物，其實是一種我們民族廣大民眾集體無意識的「奴視同儕」和「仰視富貴」雙重悲劇心理的膠合。說穿了，就是一種民族劣根性。

潘金蓮・王熙鳳・林黛玉

　　將《金瓶梅》中的潘金蓮與《紅樓夢》中的王熙鳳放在一起進行分析，過去有很多人都進行過此事，但如果將潘金蓮與林黛玉扯到一起，企圖找出二人之間的「可比性」，恐怕就要得罪「擁林派」的紅學家們了。

　　其實，在潘金蓮、王熙鳳、林黛玉三人之間，是的的確確有許多可以比較的地方的。這裡，只論她們三人的兩大共同點：言辭尖刻，任性率意。

　　先看第一點，潘金蓮、王熙鳳、林黛玉的言辭都是夠尖刻的，在語言表達方面她們從來都是要占上風而不讓人的。為了說明問題，不妨領略一下她們幾位傑出的語言藝術。

　　有一次，潘金蓮的丫鬟秋菊偷吃了一個柑子，不料被發現了。於是，就有了下面這段醉酒後的潘金蓮與春梅的精彩對話：

> 　　婦人用手撐著他腮頰，罵道：「賊奴才，這個柑子是你偷吃了不是？你實實說了，我就不打你。不然取馬鞭子來，我這一旋剽，就打個不數。我難道醉了？你偷吃了，一徑裏鬼混我。」因問春梅：「我醉不醉？」那春梅道：「娘清省白醒，那討酒來！娘不信只掏他袖子，怕不的還有柑子皮兒在袖子裏哩！」婦人於是扯過他袖子來，用手去掏。秋菊慌用手搬著不教掏。春梅一面拉起手來，果然掏出些柑子皮兒來。被婦人盡力臉上撐了兩把，打了兩下嘴巴，罵道：「賊奴才，你諸般兒不會，相這說舌偷嘴吃偏會。真贓實犯拿住你，還賴那個？我如今茶前酒後，且不打你，到明日清省白醒，和你算帳。」（第七十三回）

這個潘金蓮，一會兒說自己醉了，一會兒又說自己不醉。而作者則正就在這

「醉」與「不醉」的莫名其妙的言辭中，寫盡了潘金蓮的醉態與醉語。無怪乎張竹坡在這裡要提筆連連批點：「說不醉，正是醉，我難道醉？自亦不知其醉不醉也。」「問人，卻是不信自己。」「上云『難道醉了』，『我醉不醉』。此云『到明日清省白醒』，然則又明知是醉。寫醉人便活是醉人，醉話又活是醉話，故妙。」

潘金蓮的「酒話」便如此生動活潑，她的「醋話」比「酒話」更精彩三分。請看：「可又來，你『臘鴨子煮到鍋裏——身子兒爛了，嘴頭兒還硬』。見放著不語先生在這裡，強盜和那淫婦怎麼弄聳，聳到這咱晚才來家？弄的恁個樣兒，嘴頭兒還強哩，你賭個誓，我教春梅舀一甌涼水，你只吃了，我就算你好膽子。論起來，鹽也是這般鹹，醋也是這般酸，『禿子包網巾——饒這一抿子兒也罷了』。若是信著你意兒，把天下老婆都要遍了罷。賊沒羞的貨，一個大眼裏火行貨子！你早是個漢子，若是個老婆，就養遍街×遍巷。」幾句說的西門慶睜睜的只是笑。（第六十一回）

方言俗語歇後語、丑話髒話混帳話，裏著一團醋意如同大珠小珠落玉盤一般叮叮噹當傾泄而出。這種口吻，只能是屬於潘金蓮的「專利」；如此語言，直達巧奪天工之化境。無怪乎張竹坡又忍不住奮筆疾書：「一路開口一串鈴，是金蓮的話，作瓶兒不得，作玉樓、月娘、春梅亦不得，故妙。」（第六十一回夾批）

《金瓶梅》中潘金蓮語言的最大特色是尖利刻薄而又妙趣橫生。然而，在《紅樓夢》裏，這種尖刻而又美妙的言辭卻被曹雪芹分配給了自己筆下兩個聰明卓異的女性，並且各自發揚光大。簡言之，潘金蓮語言低俗俏皮的一面傳給了鳳辣子，而潘金蓮語言的高雅風趣的一面則分給了林瀟湘。

這方面的例子實在太多了，聊舉數例以作證明。先看鳳姐的連珠妙諧：

> 鳳姐聽說，便站起來，拉著薛姨媽，回頭指著賈母素日放錢的一個木匣子笑道：「姨媽瞧瞧，那個裏頭不知頑了我多少去了。這一弔錢頑不了半個時辰，那裡頭的錢就招手兒叫他了。只等把這一弔也叫進去了，牌也不用鬥了，老祖宗的氣也平了，又有正經事差我辦去了。」（第四十七回）

> 鳳姐兒笑道：「我倒不派老太太的不是，老太太倒尋上我了？」賈母聽了，與眾人都笑道：「這可奇了！倒要聽聽這不是。」鳳姐兒道：「誰教老太太會調理人，調理的水蔥兒似的，怎麼怨得人要？我

幸虧是孫子媳婦，若是孫子，我早要了，還等到這會子呢。」賈母笑道：「這倒是我的不是了？」鳳姐兒笑道：「自然是老太太的不是了。」賈母笑道：「這樣，我也不要了，你帶了去罷！」鳳姐兒道：「等著修了這輩子，來生託生男人，我再要罷。」賈母笑道：「你帶了去，給璉兒放在屋裏，看你那沒臉的公公還要不要了！」鳳姐兒道：「璉兒不配，就只配我和平兒這一對燒糊了的卷子和他混罷。」說的眾人都笑起來了。（第四十六回）

林黛玉聽了笑道：「你們聽聽，這是吃了他們家一點子茶葉，就來使喚人了。」鳳姐笑道：「倒求你，你倒說這些閒話，吃茶吃水的。你既吃了我們家的茶，怎麼還不給我們家作媳婦？」眾人聽了一齊都笑起來。林黛玉紅了臉，一聲兒不言語，便回過頭去了。李宮裁笑向寶釵道：「真真我們二嫂子的詼諧是好的。」林黛玉道：「什麼詼諧，不過是貧嘴賤舌討人厭惡罷了。」說著便啐了一口。（第二十五回）

以上，便是鳳姐的語言，機敏、尖刻、油滑，表面上是嘲笑別人，實際上別人聽了心裏非常受用。而上引最後一段的李紈對著寶釵所說的話，也恰恰是對鳳姐語言藝術的高度評價。

我們再看林黛玉的冷嘲熱諷：「也虧你倒聽他的話。我平日和你說的，全當耳旁風；怎麼他說了你就依，比聖旨還快些！」（第八回）「蠢才，蠢才！你有玉，人家就有金來配你，人家有『冷香』，你就沒有『暖香』去配？」（第十九回）「問的我倒好，我也不知為什麼緣故，我原來是給你們取笑兒的。」（第二十二回）「我沒這麼大福禁受，比不得寶姑娘，什麼金什麼玉的，我們不過是草木之人！」（第二十八回）

這就是黛玉語言的主體風格，敏慧、哀怨、尖刻三者相結合的語言。對此，《紅樓》中人也早有評價。李嬤嬤道：「真真這林姐兒，說出一句話來，比刀子還尖。」（第八回）寶釵道：「真真這個顰丫頭的一張嘴，叫人恨又不是，喜歡又不是。」（同上）紅玉道：「林姑娘嘴裏又愛刻薄人。」（第二十七回）

而薛寶釵的一段話，則可以視為對王熙鳳、林黛玉語言的總體評價：「世上的話，到了鳳丫頭嘴裏也就盡了。幸而鳳丫頭不認得字，不大通，不過一概是世俗取笑。更有顰兒這促狹嘴，他用『春秋』的法子，將市俗的粗話，撮

其要，刪其繁，再加潤色比方出來，一句是一句。」（第四十二回）

　　讀到這裡，我想，凡是以事實為根據的讀者都會相信我前面的那句話了吧！潘金蓮的妙語在《紅樓夢》中被分給了王熙鳳和林黛玉二人，並向著「俗」與「雅」的兩個方向發揚光大。其實，《金瓶梅》中的潘金蓮對《紅樓夢》中的王熙鳳和林黛玉形象塑造的影響並非僅止於「語言」，還有「行為」，很有特色個性的行為。請看下面的「鐵證」：

　　　　「潘金蓮用手扶著庭柱兒，一隻腳呲著門檻兒，口裏磕著瓜子兒。」（《金瓶梅詞話》第三十回）

此處所寫，乃是李瓶兒正在生孩子，全家忙得一塌糊塗的時候。潘金蓮貌似悠閒，其實內心正妒火中燒、醋氣衝天哩！這樣的舉止行為，很好地表現了她的內心世界，而作者也真正算得上是為書中人物傳神寫照了。

　　真是沒有想到，藝術大師們的心居然是息息相通的。蘭陵笑笑生這似乎漫不經心的一筆——潘金蓮「呲門檻」，竟被曹雪芹在《紅樓夢》中運用了兩次。而曹雪芹運用「門檻」這一道具寫成功的人物，竟然又是璉二奶奶和瀟湘妃子。

　　先看事實後說話：

　　　　可巧走到鳳姐兒院門前，只見鳳姐蹬著門檻子拿耳挖子剔牙，看著十來個小廝們挪花盆呢。（第二十八回）

　　　　寶釵見他怔了，自己倒不好意思的，丟下串子，回身才要走，只見林黛玉蹬著門檻子，嘴裏咬著手帕子笑呢。（同上）

這真是天地間絕妙的文章，也是世界上最為傳神寫照的畫面！你看，一幅畫中，貴族少奶奶王熙鳳吃飽了飯，蹬在門檻子上面，拿著耳挖子剔牙。富貴悠閒而又「勤勞」「忙碌」，因為她正在當著「監工」哩！另一幅畫面，青春小姐走進別人的房間，看見「情郎」與「情敵」正在「不好意思」，於是她蹬在門檻上咬著手帕兒笑，而內心深處卻一陣陣「酸痛」。

　　毫無疑問，《紅樓夢》中兩個「蹬門檻」的動作是從《金瓶梅》中「偷來」的。但曹雪芹卻真正算得上是世界上最偉大的「藝術竊賊」，他從《金瓶梅》中偷得了美，又能使這本來就很美的東西變得更美。《金瓶梅》中寫了一個任性率意的美女，《紅樓夢》中則接連寫了兩個美女的任性率意。蘭陵笑笑生畫了一幅「美人門檻圖」，而悼紅軒主人卻畫了兩幅類似的圖畫，而且是在同一回書中。這需要多麼大的膽力呀！因為誰都知道，藝術美的最大敵人便是「重

複雷同」。

然而，曹雪芹卻是「特犯不犯」的高手，在有意的重複之中，他卻沒有製造雷同。

何以見得？

潘金蓮站在門檻上磕瓜子兒，是用來掩飾內心的憤懣的。她不可能「剔牙」，因為她沒有那樣悠閒的心態，更何況她也不是剛剛吃過飯。她更不可能咬手絹，因為那是少女的動作，而潘金蓮則是走了一家又一家的而立之年的少婦了。

王熙鳳只能蹬在門檻上剔牙，她可能沒有飯後磕瓜子的習慣，就是有此習慣也沒有那閒工夫，不要忘記，她不是一位普通的貴族少婦，她是管家婆哩！而且是總理榮國府並曾經協理寧國府的超級管家婆。她忙呀！

林黛玉蹬著門檻只能咬手絹，雖然她平時也磕瓜子兒，但現在不是不方便嗎？而手絹，則是貴族少女藉以發洩怨恨的武器，掩蓋情感的道具。她此時是斷然不會剔牙的。第一，那多難看呀？第二，她並非剛吃過飯。第三，她踏的是薛寶釵的門檻，總不會帶著牙籤「串門」吧？

結論：三個美女都踏在門檻上，但潘金蓮只能吃瓜子兒，王熙鳳只能剔牙，而林黛玉則只好咬手絹兒了。

多麼真實，多麼傳神！

現在，該明白本篇的標題是何等地「合情合理」了吧？

揮動皮鞭打老婆的男人及其「反動」

　　家庭暴力，這裡主要指男人欺侮女人的家庭暴力，在中國自古有之。這種暴力的主要方式之一就是毒打女人，中國古代小說對此有著非常細膩深入的描寫。這方面表現得最為充分的是蘭陵笑笑生筆下的西門慶，這位暴發商人創造性地發明了對女人進行肉體和精神雙重折磨的怪招——讓女人脫光衣服實施鞭打。

> 　　這西門慶心中大怒，教他下床來，脫了衣裳跪著。婦人只顧延挨不脫，被西門慶拖翻在床地平上，袖中取出鞭子來，抽了幾鞭子。婦人方才脫去上下衣裳，戰兢兢跪在地平上。西門慶坐著，從頭至尾問婦人：「我那等對你說，教你略等等兒，我家中有些事兒，如何不依我？慌忙就嫁了蔣太醫那廝。你嫁了別人，我倒也不惱，那矮忘八有甚麼起解？你把他倒踏進門去，拿本錢與他開鋪子，在我眼皮子跟前，要撐我的買賣？」（《金瓶梅》第十九回）

這段描寫，在《金瓶梅》中是頗為奇特的。從此前此後的故事情節來看，李瓶兒應該是西門慶最為喜愛的女人。甚至可以說，在《金瓶梅》中能讓西門大官人動一點離開性慾的真情的女人唯李瓶兒而已。這只要看看書中對李瓶兒死亡前後的一些描寫就足以說明問題了。那麼，為什麼這裡西門慶要對李瓶兒施以如此不堪忍受的家庭暴力呢？要知道，這是在李瓶兒正式嫁到西門慶家與這位強悍的男人「婚後」的第一次單獨接觸。從某種意義上講，他們還是新郎與新娘的關係哩！也就是說，西門慶是拿著皮鞭走進李瓶兒的新房的，他送給這位婚前就以早通情愫的小妾的見面禮居然是脫光衣服鞭打。究竟是什麼讓西門慶如此痛恨李瓶兒呢？或者說，李瓶兒在此前究竟有什麼行

為觸犯了西門慶的根本利益呢？表面看來，是因為李瓶兒沒有等得及西門慶娶她進門就貿然嫁給了「蔣太醫那廝」，似乎不忠於愛情，或者不守貞潔，至少是在男女之關係上對西門慶的權威有所蔑視。但我們仔細研究西門慶對李瓶兒發威的話語之後就可發現，問題的癥結遠非男女之間的醋意所能涵蓋。我們應該清清楚楚地看到並且記得西門慶那句關鍵的話：「你嫁了別人，我倒也不惱，那矮忘八有甚麼起解？你把他倒踏進門去，拿本錢與他開鋪子，在我眼皮子跟前，要撑我的買賣？」也就是說，如果李瓶兒嫁給了一個不開藥鋪的人，西門慶並不怎樣惱火。這位西門大官人最為惱火的是那矮忘八居然拿著李瓶兒的錢開藥鋪搶西門慶的生意。要知道，西門家可是開生藥鋪起家的。因此，我們可以大致給新郎西門慶鞭打新娘李瓶兒的家庭暴力行為所發生的原因定一個性：第一是李瓶兒讓蔣竹山搶了西門慶的生意，第二才是李瓶兒成為了蔣竹山的老婆。

如此看來，站在西門慶的角度看問題，他對李瓶兒實施家庭暴力還是很有自己的主見的，而且，這主見並不猥瑣，反而有些「雄才大略」「氣度恢宏」的意味。而這種地方，也恰恰是《金瓶梅》最為成功之處。因為蘭陵笑笑生筆下的西門慶首先是一個商人，然後才是一個淫棍。這樣的人物，才能真正算得上是個「人物」。

然而，蘭陵笑笑生怎麼也沒有想到，他的這段強悍的男人讓老婆脫光衣服實施鞭打的描寫，竟然也會在百多年過後有人克隆到另一部小說之中。且看：

> 他同韻嬌坐下，分付丫頭把素馨的鏈子開了，帶上房門出去。自己把素馨剝得精赤，拿著一根馬鞭子喝道：「淫婦，你知罪不知罪？」素馨已是鬥敗的輸雞，嚇得跪下道：「奴家知罪了。」岱雲道：「你既知罪，我也不打你，你好好的執壺，勸你韻奶奶多吃一杯。」素馨道：「奴情願伏侍，只是求你賞我一件衣服，遮遮廉恥罷。」岱雲就呼呼的兩鞭，抽得這香肌上兩條紅線，罵道：「淫婦，你還有什麼廉恥，在這裡裝憨！」素馨不敢回言，忍恥含羞，在旁斟酒。（《蜃樓志全傳》第十四回）

烏岱雲鞭打素馨的原因比西門慶鞭打李瓶兒要簡單得多。因為他對老婆膩味了，娶了一房小妾韻嬌，而作為妻子的素馨居然膽敢有些醋意。這樣，就惹怒了烏岱雲。於是，這位呆霸王一般的人物就對妻子大打出手，並且當

著小妾的面對妻子實施精神和肉體的雙重侮辱。這種行為，除了是夫權的惡性膨脹以外，沒有什麼其他的意義。因此，烏岱雲這個人物就遠遠趕不上西門慶那麼光彩照人。與西門慶相比，他顯得小家子氣，根本算不上一個「人物」。

不過，烏岱雲這個形象對中國古代小說史還是產生了一定作用的，他至少是《金瓶梅》中的西門慶和《紅樓夢》中的薛蟠二人遺傳因子的綜合體。當然，如果僅僅就實施家庭暴力大妻妾這一角度看問題，這位烏岱雲先生卻是從西門慶到薛蟠這類強悍男人的集大成者。因為凡是讀過《紅樓夢》的人都會記得這樣一個回目：「美香菱屈受貪夫棒」。這「貪夫」就是薛蟠。但無論是西門慶還是薛蟠，打起女人來，卻都沒有烏岱雲那麼「賣力氣」賣到沒有絲毫道理的地步。

然而，天下事竟是無奇不有。封建時代的這種大男子主義的鞭打妻妾的家庭暴力行為居然也有「反動」——反向而動：兇悍的妻子鞭打丈夫。這裡，我們且不說《醒世姻緣傳》中那位虐待丈夫到極點的薛素姐，她的典型行為是在丈夫離家為官以後，其家庭暴力失去了發洩對象，居然從弄猢猻的民間藝人那裡「留下了那個活猴，當做狄希陳，俱著他穿了本人的衣帽，鎮日數落著擊打。……素姐忘記了是猴，只道當真成了自己的老公，朝鞭暮撲，打得個猴精梭天摸地的著極。」（第七十六回）

薛素姐的家庭暴力發展到「替代式」，她確乎有點變態，我們且不作深論。這裡要說的是一個在正常狀態下妻子鞭打丈夫的家庭暴力的片斷。當然，就事情的起因而言，作為妻子的醋大娘毫無疑問是「正義」的。因為正是那個無恥的男人——惡霸公子游龍強搶民女、橫行霸道，最終才招致了自己母親的譴責和妻子的毒打的：

> 醋大娘子因在婆婆面前不敢施展雌威，便藉詞將遊龍喚到自己房內，立刻將房門閉上，取了一根皮鞭，不問青紅皂白，將遊龍按翻在地，脫下褲子，在他雪白的屁股上狠狠的打了幾十下，只打得遊龍一疊連聲口稱：「望娘子寬饒一遭，下次再也不敢。」醋大娘此時已氣得不能開口，只得坐下來喘喘氣，稍歇一會。（《三門街全傳》第二十五回）

儘管醋大娘毒打遊龍的動力主要是吃醋而非主持正義，但她的行為畢竟是大快人心的。而且，醋大娘對西門慶們的這種「反向而動」的行為又帶有幾分

諧趣意味。是下層文人或民間藝人對大男子主義的一種調侃。從這個意義上講，《三門街全傳》中的這段描寫就具有了特殊的意味。

然而，更值得我們注目的則是：時至今日，如西門慶、薛文龍、烏岱雲這樣的大男子並未絕跡，而像薛素姐、醋大娘這樣的「翻天覆地」者卻又偶而露崢嶸。家庭暴力，往往要鬧得滿城風雨甚至出了血案才真正引起人們的重視。如此，我們的法律和道德就有了「管不到別人家裏去」的尷尬。

須知，法律和道德的尷尬其實是人類正常生存的最大威脅。

「出牆紅杏」的悲情思戀

《聊齋誌異‧鳳陽士人》中寫了夫妻「同夢」的情節，在這個夫妻相同的夢境中，丈夫與一個麗人調情。麗人「以牙杖撫提琴」，為那男人唱了一首俚曲：「黃昏卸得殘妝罷，窗外西風冷透紗。聽蕉聲，一陣一陣細雨下。何處與人閒磕牙？望穿秋水，不見還家，潸潸淚似麻。又是想他，又是恨他，手拿著紅繡鞋兒占鬼卦。」

這首曲子表達了一個女人對一個男人的思念之情，但有一點卻是含糊不清的：兩人之間究竟是什麼關係？若說是夫妻，總覺得字裏行間的感情有點兒曖昧；若說是相好，怎麼又有「還家」這個概念？但考慮到歌者是一個「莫名其妙」的麗人，聽者又並非她的丈夫，且分明帶有「調情」的意味，我們便不妨將這首俗曲中男女之關係理解為相好的情人。至於「家」，則可以參照古之「外室」，今之「二奶」，總而言之是「非法同居」者之關係來理解。誰說如今的「二奶」「小三」之流不是盼望著那「財郎」回他的狡兔之第二「窟」呢？

更有甚者，筆者還找到了與這首俗曲相同的婚外情場景和偷情女子對野男人的纏綿思戀。這個偷情的「場」就是《金瓶梅》，這一對男女主人公就是潘金蓮和西門慶。

該作品寫道，武大郎死了以後，西門慶忙於別的「豔情」，有一段時間沒有會見潘金蓮。於是，那朵出牆後而又推倒了牆的「紅杏」就對那「花蝴蝶」產生了無盡的思戀，那是怎樣一種愛恨交集而又愛得發狂的思戀哪！

> 身上只著薄紗短衫，坐在小杌上。盼不見西門慶來到，罵了幾句「負心賊」。無情無緒，用纖手向腳上脫下兩隻紅繡鞋兒來，試打

一個相思卦。正是：逢人不敢高聲語，暗卜金錢問遠人。有《山坡羊》為證：「凌波羅襪，天然生下，紅雲染就相思卦。似藕生芽，如蓮卸花，怎生纏得些兒大！柳條兒比來剛半扠。他不念咱，咱何曾不念他！　倚著門兒，私下簾兒悄呀，空教奴被兒裏，叫著他那名兒罵。你怎戀煙花，不來我家！奴眉兒淡淡教誰畫？何處綠楊拴繫馬？他辜負咱，咱何曾辜負他！」婦人打了一回相思卦，不覺困倦，就歪在床上盹睡著了。（第八回）

將此處潘金蓮及其纏綿而又悲情的表演與《鳳陽士人》中那一首俗曲聯繫在一起，使我想起了墨家的「三表法」。《墨子‧非命上》云子墨子言曰：「有本之者，有原之者，有用之者。於何本之？上本之於古者聖王之事。於何原之？下原察百姓耳目之實。於何用之？廢以為刑政，觀其中國家百姓人民之利。此所謂言有三表也。」

當然，將子墨子與潘五娘聯想到一起，真有點唐突先賢的意味。但，其中的道理卻是相通的。墨子認為判斷是非的三個標準是歷史經驗（本之者）、現實體驗（原之者）、實際效果（用之者），潘金蓮的行為對於《鳳陽士人》中那隻俗曲而言，難道不符合這「三表法」嗎？潘金蓮的語言、行為、心理，無一不是那首俗曲的「三表」。

這說明什麼？

說明《金瓶梅》與《聊齋誌異》的這些描寫都是極其合情合理的。

說明無論什麼時代，人性最基本的內涵都是相同的。

說明無論多麼「不是」的人都有他（她）情感真實的一面。

說明能寫出書中各種人物的真情實感才是成功的小說創作。

說明蘭陵笑笑生和聊齋先生對生活細節的敏銳捕捉和成功再現。

說明優秀作品之間必有「良性」遺傳。

說明「小說史」不是死板的幾條筋，而是血肉豐滿的。

「出牆紅杏」的悲情思戀，至少可以說明以上這些。

醉漢・怒罵・紅刀子・白刀子

　　清中葉擬話本小說集《雨花香》中有這麼一則故事。揚州有一家米鋪老闆陳之鼎，生有三子。有一天，有人將陳家米鋪門前墊溝的厚板偷去了。陳家三個兒子在門口喊叫了幾句。不料，卻差點引發了一場大禍：

> 　　不意黑晚，有個某刮棍，吃酒吃得大醉。此時三月春天，他把衣服脫得精光，在陳米店前指名大罵道：「你門前鋪地板，是我掘起來買銀子用了。你敢出來認話，我就同你打個死活。如不出來認話，如何如何辱及父母三代。」陳老三個兒子，俱不能忍耐，要出去理論。陳老先把大門鋪門都鎖了，吩咐兒子家俱不許出門：「他是醉漢，黑夜難較，盡他咒罵，切莫睬他。」那刮棍又將溝泥塗污門上，復又大罵四、五回，喊得氣喘聲啞，自己沒意思，回家去了。那人因大醉脫衣受凍，喊損氣力，本夜三更時就死了。他妻子說：「雖同陳老兒家相罵，他閉著門，並不曾回言，又不曾相打，沒得圖賴。」只得自家買棺收殮。三子才知道：「若是昨晚不依父言，出來同他打罵，夜裏死了，如何就得了結？」（第二十二種《寬厚富》）

這篇作品的本意是告訴讀者，做人要寬厚，要能忍耐，如此，方能避免某些意想不到的災禍。這種勸誡應該說對那些年輕氣盛的人群、尤其是「社會化」程度不高的容易激情犯罪的人群具有很大的作用。但是，我們這裡要討論的卻是一個與之相關的問題：醉漢毫無理智的怒罵。

　　你看，作品中那位「吃酒吃得大醉」「把衣服脫得精光」的「刮棍」，他趁著酒勁罵人的話簡直是毫無道理可講的。明明是他偷了別人的東西，還要刺

激別人、擠兌別人、侮辱別人。其中，最厲害的一句就是「同你打個死活」，大有以命相拼的氣勢。

然而，「同你打個死活」這句罵詈之語是很直白淺陋的，並沒有多少「藝術性」。而在中國古代小說中，那些醉和沒醉的漢子們罵起人來卻有不少具有藝術性，其中，運用誇張手法罵人且最能給人以震懾力的一句就是「白刀子進去，紅刀子出來」。《金瓶梅》中就有兩位罵出這種話來，一位是醉酒後的來旺兒，原因是西門慶「奸耍」了他的老婆宋蕙蓮：

> 一日，來旺兒吃醉了，和一般家人小廝在前邊恨罵西門慶，說：「怎的我不在家，使玉簫丫頭拿一匹藍段子，在房裏哄我老婆，把他弔在花園奸耍，後來潘金蓮怎的做窩主。由他，只休要撞到我手裏，我叫他白刀子進去，紅刀子出來！好不好把潘家那淫婦也殺了，也只是個死。」（第二十五回）

除了「白刀子進去，紅刀子出來」以外，來旺兒還罵出了很多「妙語」，他真是一位「善罵」的語言大師。大概蘭陵笑笑生也不願意將這些極富藝術性的罵詈言語只經過「一次性」使用，故而，這話後來又在來興兒向潘金蓮告密時，基本「克隆」了一遍。

來旺兒之外，罵人罵出「白刀子進去，紅刀子出來」的就是韓二搗鬼了。他可不是酒後，而是「酒前」。他罵的對象是他的老情人兼親嫂子，原因是那女人沒有讓他喝「姦夫老爹」西門慶送來的酒：

> 婦人……把二搗鬼仰八叉推了一交，半日扒起來，惱羞變成怒，口裏喃喃呐呐，罵道：「賊淫婦，我好意帶將菜兒來，見你獨自一個冷落落，和你吃杯酒。你不理我，倒推我一交。我教你不要慌，你另敘上了有錢的漢子，不理我了，要把我打開，故意的罵我，訕我，又趕我。休教我撞見，我教你這不值錢的淫婦白刀子進去紅刀子出來！」（《金瓶梅》第三十八回）

《金瓶梅》以後，古代小說中的人物罵這種極富刺激性的語言者便層出不窮了，但原因卻是千奇百怪。例如：

> 胡屠戶作難道：「雖然是我女婿，如今卻做了老爺，就是天上的星宿。天上的星宿是打不得的！我聽得齋公們說，打了天上的星宿，閻王就要拿去打一百鐵棍，發在十八層地獄，永不得翻身。我卻是不敢做這樣的事！」鄰居內一個尖酸人說道：「罷麼！胡老

爹，你每日殺豬的營生，白刀子進去，紅刀子出來，閻王也不知叫
判官在簿子上記了你幾千條鐵棍。就是添上這一百棍，也打甚麼要
緊？只恐把鐵棍子打完了，也算不到這筆帳上來。或者你救好了女
婿的病，閻王敘功，從地獄裏把你提上第十七層來也不可知。」

（《儒林外史》第三回）

這裡眾人對胡屠戶說的「白刀子進去，紅刀子出來」，基本上還不能算罵，只
是一種調侃而已，但這種調侃對於自尊心強的人而言，應該是比罵還難受的。
但胡屠戶臉皮厚，心理素質好，定力大，這些調侃和諷刺對他不過是毛毛雨
而已。然而，下面的幾位口中吐出的同樣的怒罵，可就是狂風暴雨了：

小鴉兒道：「老婆，你聽著！姊妹也許你拜，忙也許你助，只休
要把不該助人的東西都助了人！你休說我吃了這兩個饝饝就堵住
我的嗓子了！只休要一點風聲兒透到我耳朵裏，咱只是白刀子進
去，紅刀子出來！」（《醒世姻緣傳》第十九回）

這是一位性格剛強的年輕皮匠對有可能被大官人晁源誘惑的妻子「防範性」
的罵詈。後來，那女人果然與大官人勾搭上了，而葛鴉兒也真的割掉了這對
姦夫淫婦的腦袋，真正做到了「白刀子進去，紅刀子出來」。

當然，像葛鴉兒這樣說到做到的畢竟是少數，更多的醉與不醉的漢子，
在罵出這句話的時候，多半只是一種威脅或恐嚇而已。可看數例：

賀根道：「你老別多嘴。我騙他的錢，與你什麼相干？誰要說破
這件事，咱們白刀子進去，紅刀子出來，叫他等著罷！」錢典史聽
了這話，把舌頭一伸，縮不進去，那裡還敢多嘴。（《官場現形記》
第二回）

想說直話的忠厚長者聽到歹徒那句威脅的話語以後，便不敢多嘴了，可見這
句話的無比威力。

又聽陶三嚷道：「今兒你們姐兒倆都伺候三爺，不許到別人屋裏
去！動一動，叫你白刀子進去，紅刀子出來！」（《老殘遊記》第二
十回）

贏了錢的賭徒，到門戶人家去瀟灑，竟有如此的兇悍和獨斷。儘管這種威風
是要向弱女子的，他們也絕不放過這千載難逢的好機會。

那小憐此時也顧不得廉恥，顧不得疼痛，壓在底下一面捱，一
面說。鬧了半天，便把呆子說轉了，道：「罷呀，下遭撞著，仔細白

> 刀子進去，紅刀子出來。此刻且跟我和你嬸子執證去！」說著，先
> 向上房去了。（《紅樓圓夢》第十二回）

此處的小憐，乃薛蟠的男寵。他與薛蟠正式的女人寶蟾鬼混被「薛大叔」發
現。結果，挨了一頓瘋狂的性報復。而後，男寵的溫柔婉轉終於感動了薛大
叔。那呆子只是將別人的罵詈語變作了警告語，然後，還戲謔地說，去對出
牆紅杏、姦夫兼男寵的嬸子寶蟾進行新一輪的性報復。這位呆霸王，真是又
呆又霸又髒又傻。由此看來，對《紅樓夢》續書也不能一棍子打死，其中還是
很有一點精彩描寫的。

> 小桐一頭哭，一頭還嚷道：「誰把他放走了，咱們白刀子進，
> 紅刀子出！」等他哭完了，又是劈胸一把，說：「咱們上刑部衙門
> 去！」那老頭子嚇得身體如篩糠一般，便央求眾人道：「眾位朋友，
> 給我撕擺撕擺，我定不忘你們的大恩大德！」（《負曝閒談》第二十
> 三回）

北京城中的無賴小桐「碰瓷」，往老頭身上撞去，反說老頭撞壞了他的鳥籠
子，撞飛了他的百靈鳥。（其實那鳥事後可以自己飛回家中）一把抓住對方，
還以「白刀子」「紅刀子」威脅過往行人中可能打抱不平或管閒事者。這樣的
惡人，直到今天可能也沒有完全死絕。

> 煥文的兄弟，諢名叫姜金剛，在旁邊把桌一拍，道：「滕築卿，
> 是你出的面，你賴到那裡去？你不添本，開不得船，別人的錢，那
> 一個肯白丟？我先問你要，你敢怎樣？我們白刀子進，紅刀子
> 出！」（《苦社會》第六回）

生意人之間，為了錢財問題，最終也會鬧出以「白刀子進去，紅刀子出來」相
威脅的地步。可以想像一下，當那位外號可怕的人拍桌打椅地以這種極端語
言相恐嚇的時候，神經一般的人誰也受不了！最終，書裏這位滕先生可是虧
了血本啦！

以上數例，都是以「白刀子進去，紅刀子出來」威脅或恐嚇他人，而之
所以這樣做的原因，不外乎酒、色、財、氣四個字。可見，這四個方面既是人
類生活的必修課，又是人們犯事的罪惡源。這些，且不去說它。值得注意的
是，以上所引全部小說中人物的言論，凡涉及動刀子的全都是「白刀子進去，
紅刀子出來」。有沒有相反的例子呢？當然有，而且恰恰就在《紅樓夢》中。
且看：

　　　　那焦大那裡把賈蓉放在眼裏，反大叫起來，趕著賈蓉叫：「蓉哥
　　兒，你別在焦大跟前使主子性兒。別說你這樣兒的，就是你爹你爺
　　爺，也不敢和焦大挺腰子！不是焦大一個人，你們就做官兒享榮華
　　受富貴？你祖宗九死一生掙下這家業，到如今了，不報我的恩，反
　　和我充起主子來了。不和我說別的還可，若再說別的，咱們紅刀子
　　進去白刀子出來！」（庚辰本《紅樓夢》第七回）

這位焦老太爺真正了不得，他不僅敢罵主子賈蓉等人，而且還敢使用最惡毒
的罵詈。最有意味的是，他居然還能夠創造發明，將別人流傳了至少幾百年
的「成語」反其意而用之——「白刀子進去，紅刀子出來」變成了「紅刀子進
去，白刀子出來」。其實，並非焦大是語言大師，真正的語言大師乃是雪芹曹
子。因為正是他創造了焦大，創造了焦大罵人，創造了只屬於焦大的「紅刀
子進去白刀子出來」！

　　然而，並非所有的《紅樓夢》的版本都是這樣表達的，有的版本仍然是
「白刀子進去，紅刀子出來」。那麼，個中情況究竟如何？兩種用法在焦大身
上究竟何為合理呢？鄧遂夫校注的庚辰本《紅樓夢》第七回的一條校記比較
清楚地解釋了這一問題：「『紅刀子進去白刀子出來』，己卯、夢稿本同，原另
筆將前之『紅』字圈改作『白』，又將後之『白』字圈改作『紅』，非是。其餘
各本亦作如此妄改。尤其甲戌及蒙、戚諸本的過錄者似乎全然忽略了在這句
話後面的一條雙夾批有云：『是醉人口中文法。』即謂醉人口中紅白顛倒也。
甲戌本之誤，顯然也是過錄者不動腦筋的妄改。」

　　斯言甚辯，從之。

風流上下流

　　怎樣寫美女？古人各有高招，但大多比較老套。諸如什麼「柳眉星眼」「杏臉桃腮」「沉魚落雁」「閉月羞花」之類，或刻畫過細，或誇張過度，總不能給人一種說不出的「渾然」的美的感覺。

　　然而，蘭陵笑笑生卻有新的發明。

　　《金瓶梅》第九回寫吳月娘眼中的潘金蓮：「從頭看到腳，風流往下跑；從腳看到頭，風流往上流。」

　　語言通俗，誇張適度，而且帶有幾分調侃趣味，可以說是寫女人妖冶風流的神來之筆。

　　然而，再好的東西也是不能模仿的，複製得再精美的對象總不如原件精彩。蘭陵笑笑生的那兩句妙語在中國古代小說中至少被別人克隆了三次。且看：

　　　　金抱香眼中的林婉卿：「從頭看到腳，風流往下落；從腳看到頭，風流往上流。」（《青樓夢》第六回）

　　　　趙文華、鄔懋卿眼中的美婢：「從頭看到腳，風流往下落；從腳看到頭，風流往上流。」（《蜃樓外史》第六回）

　　　　貢春樹眼中的金小寶：「從腳看到頭，風流往上流；從頭看到腳，風流往下落。」（《九尾龜》第十五回）

前二例與《金瓶梅》相比較，只有一個字不同，那也僅僅是各自押韻所採取的方言不同所造成的結果而已；最後一例，也僅僅是前二例的「倒裝」而已。但是，就描寫的意趣而言，後三書較之《金瓶梅》可就稍遜一籌了。

　　《金瓶梅》中寫的是西門家中「大娘子」吳月娘看「五娘子」潘金蓮的特殊視角，在賞心悅目之時多多少少有點兒酸味。而這點兒酸味與字裏行間的調侃是息息相關的，也是恰到好處的。故而，這樣的描寫才妙不可言。

　　《青樓夢》中借過來寫嫖客眼中的妓女，就顯得很平常、很普通、很泛泛，沒有什麼特別的意趣。《蜃樓外史》再次「倒賣」用來寫兩個達官貴人眼中的妓院丫鬟，那就更有點言過其實了，而且沒有任何趣味。難道像趙文華、鄢懋卿那樣「曾經滄海」的資深嫖客沒有見過妓院丫鬟這樣的「水」嗎？至於《九尾龜》這樣的「嫖界教科書」用這樣的妙語來寫上海灘上「四大金剛」之一的名妓金小寶，則基本上已經將這句話作為一種狀風騷淫蕩女子的套話了。

　　可見，同樣的話語，用在不同的地方、用於不同的對象，效果是大有區別的。

　　越是俏皮的言辭越講究「語境」，就好比林妹妹最好住在瀟湘館一樣。

喂！和尚，你在敲什麼？

晚清有一部小說，名叫《殺子報》。書中寫一個和尚，看到美麗的婦女，禁不住心猿意馬，就連木魚都不會敲了。且看他的醜態：

> 他就心中呆了一呆，問手中的木魚槌就敲差了。望著自己額角頭上，就敲起來。連敲了幾下，方才明白敲差了。敲在自己頭上了。那徐氏看見這納雲和尚如此光景，他就忍不住的嗤嗤一笑。納雲聽見徐氏笑他，就對徐氏一看，徐氏倒有些不好意思，亦對納雲一看。此番一笑，非比前笑。此一笑，心中已有些些轉到那幾分春意，所以才笑，十分甜俊。隨將眼睛對那納雲這一眇。那納雲此時三魂出竅，六魄離身。就將這木魚槌，捏在手裏，連敲都不敲了。（第十一回）

這位納雲和尚與「木魚」兩次發生關係：第一次，敲到了自己頭上；第二次，乾脆不敲了。兩番描寫，我認為第二次是真實的。和尚見了美婦，垂涎三尺，連自己是誰都忘記了，更不用說還記得本職工作——敲木魚了。相比較而言，第一次描寫卻有問題，和尚見美色而迷迷糊糊，可能不敲木魚，也可能將木槌敲到別的地方，但萬萬不可能敲到自己頭上。

那麼，在這種情況下和尚敲什麼較為合適呢？答曰：敲到別人頭上，最好是別的和尚頭上。這樣才能產生更佳的喜劇效果。

當然，《殺子報》中描寫的只是一個和尚，他面對著的只有一名美婦，他不可能將木槌敲到美女頭上，那樣他就慘了。但不要緊，作者完全可以不得已而求其次，讓和尚將木槌敲在別的地方，譬如桌子、杯子、凳子之類。但如果現場有兩個以上的和尚，還是敲在另一個頭上為好，因為和尚的腦袋就有

些像木魚。

其實，明眼人已經看出，《殺子報》中的這段描寫是模仿的《金瓶梅》。而《金瓶梅》描寫這麼一個滑稽場面時，恰恰是有一群和尚的。且看：

> 眾和尚見了武大這個老婆，一個個都迷了佛性禪心，關不住心猿意馬，七顛八倒，酥成一塊。但見：班首輕狂，念佛號不知顛倒；維摩昏亂，誦經言豈顧高低。燒香行者，推倒花瓶；秉燭頭陀，誤拿香盒。宣盟表白，大宋國錯稱做大唐國；懺罪闍黎，武大郎幾念出武大娘。長老心忙，打鼓錯拿徒弟手；沙彌情蕩，磬槌敲破老僧頭。從前苦行一時休，萬個金剛降不住。（第八回）

這一群和尚的表現真是精彩絕倫，而且各有千秋！你看，念佛的如何如何，誦經的怎樣怎樣，還有燒香的、秉燭的、打鼓的、磬槌的……，總之，都為潘金蓮美色所迷，不知所以，現場亂成一片。當然，其中對《殺子報》直接產生影響的乃是「磬槌敲破老僧頭」一句。

其實，明眼人可以繼續看出，《金瓶梅》中的這段描寫亦乃「盜版」，模仿的就是著名的《西廂記》，因為那裡早已由崔鶯鶯鬧過道場了：

> （眾僧見旦發科）（末唱）【喬牌兒】大師年紀老，法座上也凝眺；舉名的班首真呆僗，覷著法聰頭作金磬敲。【甜水令】老的小的，村的俏的，沒顛沒倒，勝似鬧元宵。稔色人兒，可意冤家，怕人知道，看時節淚眼偷瞧。【折桂令】著小生迷留沒亂，心癢難撓。哭聲兒似鶯囀喬林，淚珠兒似露滴花梢。大師也難學，把一個發慈悲的臉兒來朦著。擊磬的頭陀懊惱，添香的行者心焦。燭影風搖，香靄雲飄；貪看鶯鶯，燭滅香消。（《西廂記》第一本第四折）

很明顯，蘭陵笑笑生是將王實甫筆下的張生唱詞變換成了作者的「但見」，其場面描寫幾幾乎有克隆意味。尤其是其中的「覷著法聰頭作金磬敲」影響到「磬槌敲破老僧頭」再影響到「敲在自己頭上了」，都直指本文的標題：「喂！和尚，你在敲什麼？」

但是，事情並沒有完結。如果大家把眼睛再擦亮些就會發現：王實甫其實也不是這種「以眾人的失態寫女人之美貌」的始作俑者，這種背面傳粉或曰烘雲託月的筆法應該來自更早的漢樂府民歌，儘管那裡面並沒有和尚。歌云：「行者見羅敷，下擔捋髭鬚。少年見羅敷，脫帽著帩頭。耕者忘其犁，鋤者忘其鋤。來歸相怨怒，但坐觀羅敷。」（《陌上桑》）

　　崔鶯鶯、潘金蓮、徐氏……，或許還有更多的美的輻射的典型，她們的
「核」卻在秦羅敷那裡。

　　可見，榜樣的力量是無窮的。

　　當然，美的力量也是無窮的。

　　又當然，藝術創造的力量更是無窮的。

「定土」與「定水」

    《封神演義》第五十四回開篇即有詩曰：「征西將士有奇才，縮地能令濁土開。劫寨偷營如掣電，飛書走檄若轟雷。」此處所謂奇才即是土遁大王土行孫。土行孫在地底下行走，猶如潛水艇在大海中一般，一扭身子就在千萬里之外。這樣，就弄得姜子牙很傷腦筋，最後，終於找到土行孫的師父懼留孫。這位讓人「懼」的師父真正的「留」住了土行「孫」。且看那精彩的一幕：

> 土行孫見勢頭不好，站立不起。子牙勒轉四不相，大呼曰：「土
> 行孫敢至此再戰三合否？」土行孫大怒，拖棍趕來。才轉過城垣，
> 只見懼留孫曰：「土行孫那裡去！」土行孫抬頭，見是師父，就往地
> 下一鑽。懼留孫用手一指，「不要走！」只見那一塊土比鐵還硬，鑽
> 不下去。懼留孫趕上一把，抓住頂瓜皮，用捆仙繩四馬攢蹄捆了，
> 拎著他進西岐城來。（第五十五回）

懼留孫收服土行孫的辦法，我們可以命名為「定土」法。或許有人會說，書中並沒有說什麼「定土」法，你何以杜撰這麼一個名目？其實，這種定土法在另外一部小說中卻有了變種——「定水」法，而且該書明確指出「定水訣」一詞。有了這個旁證，亦可見得筆者的「定土」之說並非空穴來風了。且看清代《八仙得道》一書中的描寫：

> 卻說二郎神帶了許多天真天將，追趕兩龍，過了上界、中界，
> 一直趕到下界，按定雲頭，運開慧眼向下一望，才瞧見兩龍已入東
> 海，正要躲下水底。二郎神忙使個定水訣向下一指，水合海冰，宛
> 如銅澆鐵鑄一般。兩龍不得下去，抬頭一望，方知是哪位神將施的

法力。（第七回）

懼留孫用定土法抓住了徒兒土行孫，二郎神則用定水訣消滅了孽龍，兩部小說這種描寫有異曲同工之妙，但毫無疑問《八仙得道》卻是模仿的《封神演義》的。這些，且不去說它。筆者所注目的乃是二者之間相反相成的童心童趣。你看：大地明明堅硬無比，土行孫卻可以如魚得水般地穿行其間，但最終卻被師父的定土法制服了；恰恰相反的是，大海明明可以讓一切魚類自由穿行，卻不料「鱗蟲」類中至高無上的龍王卻被別人用定水訣凝固在海水之中。這樣的描寫至少反映了兩點：一是人類童年的夢想該是多麼豐富多彩，簡直是想入非非；二是即便是人類童年的夢想也充滿了「動」與「靜」對立統一的辯證思維。

由此，進一步推導：凡描寫神魔怪異題材的小說要想帶領讀者魂遊八極、情繫九天，它必須有兩個翅膀，一邊是童心童趣，一邊是哲理蘊涵。

非如此不辦！

「生祠」「生位」的榮辱悲歡

　　何以謂之「生祠」？答曰：為活人建的祠廟。何以謂之「生位」，答曰：為活人立的牌位。從某種意義上講，這兩樣東西的內涵其實一樣，都是對那些還活在世上的人表示崇敬和感恩的意思。但兩者的規模還是有很大不同的，生祠畢竟是一座房子，而生位最多只是一個神龕而已。而且，兩者的建造者也有不同：建生祠一般是公眾的行為，它是紀念那些為公眾做了好事的人物，尤其是封建時代的好官。而生位則多半是個體的行為，它是某些個人或家族為了紀念於己有恩者的行為。

　　有趣的是，生祠和生位在中國古代的戲曲小說作品中都有反映，而且是榮辱悲歡迥然不同的反映。

　　我們先看生祠。

　　一般認為，給人立生祠的事起於漢代。

　　顧炎武《日知錄》卷二十二《生祠》云：「《漢書・萬石君傳》：石慶為齊相，齊人為立石相祠。《于定國傳》：父于公為縣獄吏，郡中為之立生祠，號曰于公祠。《漢紀》：欒布為燕相，有治績，民為之立生祠。此後世立生祠之始。」

　　趙翼《陔餘叢考》卷三十二《生祠》亦云：「其有立生祠者，《莊子》庚桑子所居，人皆尸祝之，蓋已開其端。《史記》：欒布為燕相，燕、齊之間皆為立社，號曰欒公社。石慶為齊相，齊人為立石相同。此生祠之始也。」隨即，趙翼還列舉了歷代多位被人立有生祠的好官，如任延、王堂、韋義、陳眾、狄仁傑、呂諲、李穀、張全義、韓魏公（韓琦）等。

　　顧炎武和趙翼都是著名學者，他們的話應該是靠得住的。而當我們對歷

史「掃描」以後，發現還有很多他們二位並未提及的生祠「祠主」。這些人，也都和顧、趙二位所提及的一樣，的的確確有許多善行壯舉，足以讓後人景仰紀念。那麼，具備什麼樣品格和功績的人物才能被民眾立以生祠紀念之呢？我們不妨從歷朝歷代的生祠祠主中挑選幾位略作說明：

> 其父于公為縣獄史，郡決曹，決獄平。羅文法者，俱于公所決皆不恨。郡中為之生立祠，號曰于公祠。（《漢書》卷七十一《于定國傳》）

> 仁傑嘗為魏州刺史，人吏為立生祠。及去職，其子景暉為魏州司功參軍，頗貪暴，為人所惡，乃毀仁傑之祠。（《舊唐書》卷八十九《狄仁傑傳》）

> 尤袤字延之，常州無錫人。……嘗為泰興令，問民疾苦，……二弊久，莫之去。乃力請臺閣奏免之。縣舊有外城，屢殘於寇，頹毀甚。袤即修築。已而金渝盟陷揚州，獨泰興以有城得全。後因事至舊治，吏民羅拜曰：『此吾父母也。』為立生祠。（《宋史》卷三百八十九《尤袤傳》）

> 《安楚錄》十卷，明秦金撰。金字國聲，無錫人，宏治癸丑進士，官至南京兵部尚書，諡端敏，事蹟具明史本傳。……附錄《封邱遺事》，蓋金曾任河南左參政，禦御流寇有功，土人為立生祠。（《四庫全書總目》卷五十三）

以上四位，被人立生祠紀念的原因各各不同。漢代的于公是因為善於決獄斷案，唐代的狄仁傑則是因為政績赫然，宋代的尤袤是因為愛民如子，明代的秦金則是因為抵禦流寇，總之一句話，都是為老百姓幹了好事，人民才對他們景仰之、崇拜之、紀念之。有趣的是，即便是政績赫然的狄仁傑，卻也被兒子毀壞了一世英名。狄仁傑雖然為人民作了很多好事，人民也以立生祠的方式報答了他，但他兒子的「頗貪暴」，又讓人民撤毀了狄仁傑的生祠，收回了對他的崇敬。可見，人民的選擇是涇渭分明的。同時，也可見高級幹部對子女嚴格要求的重要性。

然而，還有更為嚴重的問題，比子女問題更為直截了當的自身的問題：世上竟然有「人渣」也要別人給他立生祠，居然有一堆為數不少的「小人渣」要給某一粒「大人渣」立生祠。這件事發生在明代末年，這個大人渣就是魏忠賢，這些小人渣就是巡撫浙江僉都御史潘汝楨、蘇州巡撫毛一鷺、監生陸

萬齡等等。且看：

> 六年……閏月辛丑，巡撫浙江僉都御史潘汝楨請建魏忠賢生
> 祠，許之。嗣是建祠幾遍天下。……七年……五月己巳，監生陸萬
> 齡請建魏忠賢生祠於太學旁，歲祀如孔子，許之。（《明史》卷二十
> 二《熹宗紀》）

在這些小人渣的倡導下，權閹魏忠賢的生祠遍布全國各地，一時間弄得烏煙
瘴氣。但隨著明熹宗的「駕崩」，魏忠賢在新的主子崇禎皇帝那兒並不討好，
最終被流放，被迫「投環道路」。魏忠賢自殺身亡後，毛一鷺為之在蘇州建立
的生祠也被撤毀，人民在那裡安葬了當時為反對魏忠賢而從容就義的五位烈
士：「即除逆閹廢祠之址以葬之，……曰：顏佩韋、楊念如、馬傑、沈揚、周
文元，即今之儽然在墓者也。」（張溥《五人墓碑記》）

魏忠賢生祠的從建造到搗毀，先後不過幾年時間，誠可謂過眼煙雲、曇
花一現。更有意味的是，除了張溥等人在詩文作品中反映此事而外，隨後不
久就有李玉等人的戲曲作品《清忠譜》細緻生動地反映了這一人間鬧劇。在
這部著名的以當時當地人寫當時當地事的時事劇中，有三次寫到魏忠賢生祠
的情形尤其引人注目。

第一次是毛一鷺等人「建祠」：

> （末髯髳、羅帽、大擺、皂靴上）……自家堂長陸萬齡的便是。
> 本衙門內監李老爺，與軍門毛老爺，在半塘建造東廠魏爺生祠，供
> 養長生神像，著我監工。今日二位老爺親臨破土，已曾搭蓋蓬廠，
> 一應的結綵亭頭，豬羊祭禮，吹手禮生，都已停當。（《清忠譜·創
> 祠》）

第二次是周順昌「罵祠」：

> （生大笑介，唱）【朝天子】任奸祠郁岧，任奸容桀驁。枉費
> 了萬民脂，千官鈔。羞題著「一柱擎天」，「封疆力保」，少不得倒
> 冰山，陽光照，逆像煙銷，奸祠火燎，舊郊原兀自的生荒草！怪豺
> 狼滿朝，恨鴟鴞滿巢，只賸著臭名兒千秋笑！（作拂衣下）（《清忠
> 譜·罵像》）

第三次是眾百姓「毀祠」：

> （共奔介，合）【前腔】打身軀粉碎，打身軀粉碎！賽過千刀
> 萬刃，魚鱗寸剮刑非峻！（作奔下扛一無頭渾身上）（眾）打，打，

打！（共打介）打得粉碎了，我們拿來拋在河裏，教他日夜淌水面！
（作拋河介）（二雜拿火把上）（喊介）大家進去放火燒祠堂！（拿
火奔下）（眾）還有魏賊的頭兒不曾拿得，如今放火了，怎麼處？（內
丟火介）（眾）火大得緊了，拿不得阿！（淨）不妨，不妨！待我冒
火進去搶出來。看炎炎火焚，看炎炎火焚。拚命搶頭奔，煙火喉間
噴。（作奔下搶頭出介）頭在這裡了。（眾）我們大家打個粉碎！（淨
搖手介）不要打，不要打！（付）頭是魏賊的親兒子捨的，是沉香
的，劈碎了大家分了罷！（淨喊介）放屁！那個說分，眾人打殺他！
（眾）若是不分，把這頭何用？（淨）我們拿去祭了周老爺，再祭
了顏佩韋等五人，然後拿到城隍廟裏，焚化便了。（眾）有理，有理！
如今先到上塘桐涇橋林家巷內，請了周公子，同到周老爺墳上祭獻
便了。（《清忠譜·毀祠》）

以上三次，建祠者是姦佞小人，其嘴臉是拍馬溜鬚、卑鄙無恥；罵祠者是
忠義君子，其精神是慷慨激昂、氣薄雲天；毀祠者是人民大眾，其氣勢是
轟轟烈烈、排山倒海。通過一座生祠，李玉等人成功狀寫了當時社會的形形
色色。

　　著名的戲曲作品能夠抓住「生祠」大做文章，小說作者也不示弱，他們
抓住「生位」文章大做。不過，小說作品中關於生位描寫的主題卻與戲曲作
品中關於生祠描寫的主題不太一致，它們展現的不再是褒忠殛奸，而是好心
辦壞事。

　　這方面最有名的故事發生在民間傳說的初唐名將秦瓊身上，據說他曾經
救過李淵，而李淵給他造了一個生位，卻使他大大倒楣，乃至於病倒飯店
之中，乃至於賣馬當鐧，乃至於長時期萎靡不振……，這段故事在明代的
小說《隋史遺文》中有所反映。我們先看李淵被救以後追趕秦瓊欲圖報恩
一段：

忙忙帶緊繫韁，隨叔寶後邊趕來，道：「壯士請住，受我李淵一
禮。」叔寶只是不理。唐公連叫幾聲，見他不肯住足，只得又道：
「壯士，我全家受你□□之恩，便等我識一識姓名，以□報異日何
妨？」此時已趕下有十餘里。叔寶想：樊建威在前，趕上時，少不
得問出姓字，不如對他說了，省得他追趕。只得回頭道：「李爺，不
要追趕了！小人姓秦名瓊便是。」連把手擺上兩擺，把馬加上一鞭，

箭也似一般去了。……唐公欲待再追，戰久馬力已乏，又且一人一騎在道兒上跑，倘有不盡餘黨，乘隙生變，那裡更討一個壯士出來，只得歇馬。但是順風加上馬鑾鈴響，剛聽得一個「瓊」字，又把他搖手，錯認作行五，生生地把一個瓊五，牢牢刻在心裏，不知何日是報恩時節。（第四回）

事後，李淵為了報恩，居然給秦瓊立了生位，弄得隆重異常：

步入方丈，見東邊新起虎坐門樓，懸紅牌書金字，寫「報德祠」三字。……小小三間殿宇，居中一座神龕。龕座子有三尺高，神龕直盡天花板，高有丈餘。裏邊塑了一尊神道，卻是立身，帶一頂荷葉簷粉青色的范陽氈笠，著皂布海衫蓋土黃罩甲，熟皮鞓帶，掛牙牌、解手刀，穿黃麂皮的戰靴。向前豎一面紅牌，楷書六個大金字：「恩公瓊五生位」。傍邊又是幾個小字兒：「信官李淵沐手奉祀」。……當年叔寶在臨潼山，打敗這班假強盜時，李公問叔寶姓名，圖報於他日。叔寶因不敢通名，放馬奔潼關道上，李公不捨，追趕下十餘里路。叔寶只得通名秦瓊。李公見叔寶搖手，聽了名，轉不曾聽姓，誤書在此。叔寶暗暗點頭：「那一年我在潞州怎麼顛沛到那樣田地，元來是李爺折得我這樣嘴臉。我是個布衣之人，怎麼當得那國家勳衛塑像焚香作念？」（第十九回）

真是讓人想不到，李淵隆重的以神龕生位酬恩「瓊五」將軍，卻害得秦瓊一段時間神魂顛倒，倒楣透頂。何以出現如此動機與效果截然相反的狀況？古代民間對此的解釋是，因為李淵乃「國家勳衛」，而秦瓊不過是縣衙捕快，一個社會下層的捕快是無法消受國家重臣的崇敬和禮拜的。幸虧李淵當時並沒有弄清秦瓊的真實姓名，而是誤聽為「瓊五」，這反而救了秦瓊一命。試想，如果李淵當時聽清了秦瓊的大名，書寫在神龕之上，然後李淵、李世民兩個「真命天子」天天禮拜之，那不將秦叔寶拜一個一佛出世二佛涅槃才怪哩！你看中國人多麼崇拜權威，不用說去與權威抗爭了，就連權威的恩賜式的崇拜、崇拜式的恩賜區區小民都消受不起。

進而言之，不僅像李淵這樣的高官設生位禮拜秦瓊可以使之倒楣，就是普通百姓設生位去禮拜一位恩人，也同樣會讓對方受當不起。清代小說《永慶升平後傳》中就有這麼一個片斷。書中寫山東馬成龍，救了一個普通的掌櫃，事後，由於這位金掌櫃設生位對之頂禮膜拜，結果害得山東馬幾天來「走

不好運」。更有意味的是，當馬成龍的朋友馬夢太聽說了此事之後，居然引經據典對大哥進行了諷諫。而馬夢太所引之「經典」，竟然就是李淵為秦瓊立生位一事。且看：

> 馬成龍洗完了臉，心中煩惱，在外間屋內看見正面有一個牌位，上寫：「臨故無懼，勇冠三軍，武雄馬成龍之神位。」山東馬一看，打了一個冷嚏，說：「我說這幾天我竟走不好運，我是個什麼東西！」馬夢太聽他說這話，也就出來問說：「大哥，你說什麼呢？」馬成龍說：「老兄弟，你往上看。」馬夢太往上一看，說：「原來是這個牌位。大哥你可不好，想當年隋唐有一位秦叔寶，他在臨潼山救駕，唐李淵供設五大將軍，折受他在潞州城當鐧賣馬。你是一個肉體凡夫，叫人家供奉你，這可不好！」（第九回）

最後，當馬成龍弄清楚了此事的全部情況以後，斷然決然地說：「我說我這些天所不順，我一個在世活人，要折壽壞了我，快把這牌位給撤了吧，不可再供了。」（第十回）可見，馬成龍是有相當的自知之明的，雖然這種自知之明帶有迷信的成分。

無獨有偶，像馬成龍這種害怕像秦瓊那樣被別人當作供起來而大倒其黴的人居然在清代另一部小說中又出現了：

> 二人來到東牆根，陳亮低聲說：「了不得了，那婦人把咱們兩個供上燒香牌位，上寫著『二位恩公之神位』。」雷鳴說：「供上怕什麼？」陳亮說：「二弟你可不知道，你沒看過閒書，古來隋唐上有一位叔寶秦瓊，他在臨潼山救了唐王李淵，唐王李淵問他姓叫什麼，秦瓊走遠了說：『我叫秦瓊。』唐王李淵沒聽明白，回去供瓊五大將軍，折受的秦瓊在潞州城當鐧賣馬。你我凡夫俗子，他若供著燒香，豈不把你我折受壞了？」（《濟公全傳》第六十八回）

雖然這次供的是兩個人的生位，但陳亮他們的想法與馬成龍別無二致，而且都是舉秦瓊為例。可見，這種看法是中國古代小說中許多英雄人物的「共識」。

當我們審視完畢這些歷史上的和文學作品中的關於生祠和生位的榮辱悲歡的故事以後，我們能從中得到什麼呢？應該有很多東西，而且每個人從中領悟到的東西很可能大相徑庭。

別人領悟到什麼，我管不了，但我從中所得到的有以下幾點：

幾千年的等級社會培養的中國廣大民眾在森嚴的等級面前的自卑心理。

普通百姓牢記別人恩德的報恩心理。

人民群眾橋歸橋路歸路的恩怨分明的態度。

不成器的子女可能會毀壞父輩英名的鐵的事實。

正義的人群對恬不知恥的人渣的怒視和蔑視。

以上這些心理和態度，有些應該繼續發揚光大，有些應該隨著時代的進步而減少直至消亡。

哪些該發揚、哪些該消亡，每個人都可以自由選擇，但有一點是必須引起一切善良的人們共同注目的：

有些精心包裝成人傑的「人渣」在正義的人群的怒視和蔑視下依然「恬不知恥」。

他們恬不知恥的主要表現在於：繼續建築他們的「生祠」或「生位」。

這種生祠或生位，表面看來是用鋼筋水泥做成的，實際上凝聚其間的則是人民的白骨和血汗。

比興的最低境界

比興，是中國古代詩歌常用並且行之有效的藝術手法，《詩經》中尤為多見。例如，「詩三百」開篇第一曲就是：「關關雎鳩，在河之洲。窈窕淑女，君子好逑。」今天，只要稍稍有點文化基礎的人都會知道，這裡運用的是比興手法，用水鳥求偶的鳴叫聲「起興」人類的求偶。理學家朱熹先生雖然在此處秉承「毛傳」大講了一通「后妃之德」云云，但對於「關關雎鳩」的比興手法卻作了「從眾從俗」的講解：「興也。關關，雌雄相應之和聲也。」（《詩集傳》卷一）

用雌雄水鳥其樂融融的應和之聲來比興人類男女之間其樂融融的情感呼喚，這的確是一種高雅而美麗的藝術境界。由此，用美麗的動植物之間的「相親相愛」來比興人類情侶或夫妻之間的戀愛之情也就成為中國古代詩歌、散文、戲曲、小說等各種文體常見的藝術手法。一般說來，凡用到這種方法的作品，其所造成的藝術境界多半是高雅美麗的。然而，有誰料到，在古代通俗小說中，有少數作者竟然別出心裁，將這種方法用到了及其庸俗低劣的境地。

如何低劣庸俗呢？且看下面這段描寫：

> 只見兩隻狗子交練做一塊。利娘子就要進去，酒店婦人一把扯住道：「看看好耍子。」……利娘子見了這拖來拽去的勾當，×心裏突突的亂跳，神魂搖動，方寸昏迷。只顧看狗，不意這奇英蹯到面前。利娘子抬頭一見，自覺沒趣，同酒店婦人走了進去。店婦對利娘子道：「我想這狗子起了才得如式，倘人生也要等起才動手，一年快活得幾遭呢？」……店婦道：「我說的是佳人才子的妙處，若是癡

蠢的，也在話下。適才我們看狗練的時節當面立著的那個後生，生得何如？」利娘子道：「正要問你，這個後生不知那裡來的？看他：渾身俊俏，遍體風流。氣質溫柔文雅出眾。嫁著這樣一個家公，也不枉了一世。」店婦人道：「大娘子，你不說我也不敢題起，有一句好笑的奇文。這個官人姓奇，家中巨富，慣在花柳叢中大交，又會養龜。……說昨日打你門首經過，一點魂靈被你收了。千求萬告，要我來求你還了他這點魂靈。」（《一片情》第十回）

店婦毫無疑問也是「比興」高手，她以「狗打練」起興，勾起了利娘子的春心，然後趁熱打鐵，完成「慣在花柳叢中」廝混的奇公子交代的任務——勾引利娘子。最終當然是手到擒來。因為店婦所用的是最能直接打動人心的方法：比興，儘管是極其低劣庸俗的比興。這位店婦的手段，其實並不亞於《水滸傳》中的王婆。王婆說風情還有什麼十分光、五件事，太覺繁瑣，終不如店婦所用的「快捷方式」便當。

無獨有偶，這種低劣庸俗的起興，居然在通俗小說中還能找到伴侶，只不過，這一次將「狗打練」換成了「豬打雄」，而其中的描寫則更為不堪：

婆子道：「豬兒打雄也有個法則的。」素秋道：「甚的法則？」婆子道：「把一個公豬與幾個母豬，同拘在一間空房中，要這主人親去門縫裏觀著，待他成交，主人便道，再送送，那公豬兒便是一送，叫一聲，便得一送，但是一送，便是一個小豬。」素秋道：「叫卻害羞。」婆子道：「必要主人自叫方准，如今有一道理，但是老媳婦響叫一聲，娘子便私自一送，這也當了。」素秋應允，便去趕著一個公豬與幾個母豬，同在一處，私自觀著。只見雄豬兒見了母豬，便如餓虎一般，爬上去只管亂送，婆子便連聲叫道：「再送送。」素秋也把身兒連送不止，鬧了一會，那雄豬又去行著一個母豬兒。兩個依舊叫，依舊送。那素秋是個守寡的婦人，更兼年少，送到良久，見著許多光景，春興即便發作，淫水直流。……這素秋晚飯也不用，脫卻衣服，孤孤的獨自睡著，思量著男子的好處，長歎了一聲道：「禽獸尚然如此，況且人乎？」（《浪史奇觀》第十八回）

這裡的婆子不僅讓寡婦素秋「觀」豬打雄，而且還讓她模擬動物的動作，因此素秋受到的刺激較之利娘子更為強烈。當然，這位婆子也如同店婦一樣完成了她的「桃色任務」。對此齷齪之事，我們不再說它。重要的是，我

們由此卻可以自然而然地得出一個結論：比興用到這個地步，真算是最低境界了。

從高雅美麗的河洲關關之聲到低俗無比的狗打練、豬打雄，它所代表的是用比興手法描寫兩性關係時從「情感」到「性慾」的滑落。表面看來，這中間具有巨大的差異，但二者之間本質上卻是相同的。然而，我們這裡卻要做出一個奇異的選擇：肯定其表象的不同而無視其本質的一致。這種選擇是不符合人類對其他問題的選擇時的慣常規律的，因為我們一貫強調看問題要觸及本質而不要被表象所迷惑。那為什麼偏偏在這麼一個人人都可能經歷的問題上要肯定假象而對實質閉口不談呢？其間的奧秘就在於人類與一般動物不一樣。一般動物會毫不掩飾地表達自己的欲望，而人類往往會美化自己的動物性的本能欲望。一般動物所體現的是純粹的真，而人類所看重的是美化的「真」。

其實，有時候，被美化的真已經不是純真。從這個意義上講，真的東西不一定美，美的東西不一定真。

但是，人類必須追求這種並不純粹的被美化的真，因為如果不這樣，而只是去追求不折不扣的真，那就與一般動物沒有什麼兩樣。

當然，人類也有象動物一樣追求純粹的真的時候，譬如聖人早已涉及過的表現「食色性也」的時候，但人類在更多的時候還得將這種純粹的真進行美化。

將生活中純粹的「真」美化為不太純粹的真，最好的方式就是文學藝術，其結果就是通過審美過濾以後的藝術之「真」。

從這個意義上講，毫不掩飾地反映生活中純粹之「真」的作品都不是好作品，即便作者運用了諸如「比興」這樣絕妙的手法也絲毫沒有作用！